Heinrich Erlau / Walter Habdank · Die Legende vom Vierten König

Die Legende vom Vierten König

erzählt von
Heinrich Erlau

gemalt von
Walter Habdank

Christophorus-Verlag, Freiburg im Breisgau
Burckhardthaus-Laetare Verlag, Gelnhausen

CIP-Kurztitelaufnahme der Deutschen Bibliothek

Erlau, Heinrich:
Die Legende vom Vierten König / erzählt von Heinrich Erlau. Gemalt von Walter Habdank. –
Freiburg im Breisgau: Christophorus-Verlag;
Gelnhausen: Burckhardthaus-Laetare Verlag, 1979.

ISBN 3-419-52955-4 (Christophorus-Verlag)
ISBN 3-7664-6131-1 (Burckhardthaus-Laetare Verlag)

Offsetreproduktionen: Rito AG, Zürich
Gesamtherstellung: B&K Offsetdruck, Ottersweier
Der Satz erfolgte aus der Times New Roman

Bildfolge

Die zehn in Mischtechnik gemalten Bilder haben das Originalformat 56,5 x 56,0 cm.

Es ist jetzt bald zweitausend Jahre her, daß in Gordyene, einem der kleinen Vasallenländer, die damals das mächtige Partherreich umsäumten, ein König zu einer der ungewöhnlichsten und längsten Reisen aufbrach, die je von einem Herrscher unternommen wurden. Coredan, der jugendliche Monarch, hatte gerade seinen kranken Vater in der Thronfolge abgelöst und sonnte sich in der Gunst seiner Untertanen, eines wilden, ungebärdigen Reitervolkes. Er war ein König ganz nach ihrem Geschmack: ein Jüngling in der Fülle seiner Kraft, ein tüchtiger Krieger, der sich gegen Römer und Parther behauptet und frühe Lorbeeren geerntet hatte, ein Athlet, der es im Wagenrennen, Bogenschießen und Speerwerfen mit jedermann aufnehmen konnte, von dionysischer Ausgelassenheit beim Feiern, freundlich, humorvoll, mit einem offenen Ohr für die Nöte der Menschen, von königlicher Freigebigkeit, aber auch zäh und gerissen beim Verhandeln, ein Praktiker, der ganz unköniglich Hand anlegte, wenn es darauf ankam.
König zu sein in Gordyene war ein hartes Geschäft. Das unwegsame, unzugängliche Land war arm. Die karstige Wildheit seiner Berge und die dürren, von Sommerstürmen heimgesuchten Steppen trugen nur karge Nahrung für Schafe und Pferde. Wie das Leben der Menschen war auch die Hofhaltung des Königs einfach, ohne Gepränge. Jeder Luxus verbot sich. Wurde auch viel und laut gefeiert, so hatten die Feste doch provinziellen Zuschnitt. Sänger und Tänzer, Aulos- und Kitharaspieler waren nur selten bei Hof zu sehen. Die Untertanen waren mit ihrem Los zufrieden. Sie waren genügsame Leute, und wie es die Art der Provinz ist, blickten sie auf ihre Märkte, Spiele und Stammesfehden in selbstgefälligem Stolz wie auf den Nabel der Welt.

Coredan hatte alles, was sich ein König wünschen kann. Er hielt die Zügel der Regierung fest in Händen. Die Streitigkeiten der Bergstämme waren schon lange geschlichtet, die Feinde an den Grenzen abgewiesen. Bald würde er eine Familie gründen. Bei den jährlichen Wettspielen blieb er immer ungeschlagen und häufte Trophäe um Trophäe in seinem Palast auf. Erst kürzlich war er beim Wagenrennen allen Konkurrenten in einer Staubwolke davongefahren.
Das alles befriedigte ihn jedoch nicht. Sein Sinn stand nach Größerem. Er sehnte sich aus der Enge seiner bergigen Heimat in die Weite einer Welt, die ihn stärker fordern und vor schwierigere Aufgaben stellen würde. Wie alles im Leben ruft auch das eintönige Reglement eines königlichen Alltags mit seinen Repräsentationspflichten, Audienzen, Zeremonien, Empfängen und Ratssitzungen mit der Zeit Überdruß hervor und wird zur drückenden Last.
So kam es, daß sich nach und nach eine Veränderung im Wesen des Königs zeigte: Er wurde stiller, zog sich in seine Gemächer zurück, erschien gelangweilt oder zerstreut. Seine Freunde lachten und sagten: »Es ist an der Zeit, daß wir ihm eine Frau suchen!«

Da weckte ihn ein Traum aus seinem Brüten. Er sah eine nächtliche Ebene, die sich bis zum Horizont dehnte, dämmrig beschienen vom grellen Licht eines großen, zum Greifen nahen Sterns. Verschwommen erst, dann immer deutlicher lösten sich die Umrisse von tausenden und abertausenden ausgezehrter, zum Skelett abgemagerter, verstümmelter und verkrüppelter Leiber aus dem Dunkel. Flehentlich reckten sie ihre Arme gegen das Licht. Vereinzelt erst, dann wie ein Brausen stieg ihr Klagen von der Erde auf. Es war, als entließe der Lichtkreis des Sterns eine helle Gestalt, die auf die Menge zuschwebte. Eine Stimme sagte: »Nur wer alles Elend dieser Welt gesehen hat, wird König sein.«
Der König, dies träumend, verspürte ein ungekanntes Glücksgefühl beim Anblick des Sterns, das ihn noch tagelang erfüllte. Er fiel in quälerisches Grübeln und suchte die Bedeutung des Traumes zu ergründen, fand aber keine Erklärung. Als hätte er sich danach gesehnt, ihm wieder zu begegnen, erschien ihm der Traum nach einer Woche ein zweites und nach einer weiteren Woche ein drittes Mal. Und jedesmal erfüllte ihn von neuem ein Gefühl überquellender Freude. Der Traum war voller Widersprüche: sonnenhelles Licht neben nachtschwarzer Finsternis,

erbarmungswürdiges Elend neben königlichem Glanz. Wie reimte sich das zusammen? Das Rätsel schien unlösbar.
Er dachte zurück an seine Kindheit, als er mit dem Vater das erste und einzige Mal das Land verlassen hatte und an die Ufer des Tigris zur Residenz des persischen Großkönigs gezogen war, um ihm zu huldigen. Welch ein Palast dort in der Stadt Ktesiphon, welch ein Rausch von Reichtum, Schönheit und Harmonie! Gewaltig getürmte, ornamentverzierte Gewölbe und Kuppeln, durch mächtige Säulenreihen und Arkaden in schwindelnder Vielfalt miteinander verbunden. Goldglanz von feingewirkten Mosaiken, der mit der Sonne wetteiferte. Auf unermeßlich weiten Marmorböden das Gedränge der Gesandtschaften aus aller Herren Länder. Und schließlich, von Salpingenbläsern angekündigt, einsam im Glanz des Thrones: der Großkönig, baldachingekrönt. Ja, dort war alle Herrlichkeit dieser Welt vereinigt – nirgends waren Armut oder Elend anzutreffen!
Nach Wochen ergebnislosen Grübelns beschloß Coredan endlich, seinen Hofastrologen zu befragen. Da er kein Aufsehen wollte, suchte er ihn zur Nachtzeit auf. Er war erstaunt, eine riesige und wie es schien aufs höchste beunruhigte Menschenmenge vor seinem Haus anzutreffen. Naburi, der Astrologe aus Babylonien, ein dürres, altes und verwachsenes Männlein, war eine wichtige Person im Land. Er hatte den Beginn des Monats und des Jahres anzuzeigen, den Kalender zu besorgen und aus dem Gang der Gestirne Wohl und Wehe der Zeitläufte vorherzusagen. Beim Volk war er vor allem seines Witzes und seiner treffenden Aussprüche wegen überaus beliebt. Jetzt saß er, vom Mond beschienen, auf der Plattform des Hauses vor einem Sehrohr, das er steil zum Himmel gerichtet hatte. Von Zeit zu Zeit stand er auf, verneigte sich gegen Westen oder gestikulierte lebhaft auf die Menge ein. Der König betrat einen großen erleuchteten Raum, angefüllt mit Büchern, Astrolabien, Armillarsphären, Quadranten, Wasseruhren und anderem gelehrten Gerümpel.
»Was geht hier vor?« fragte er den Astrologen.
»Herr«, rief Naburi, außer Atem das Sehrohr schwingend, »ein Wunder hat sich am Himmel begeben! Seit einiger Zeit erscheint Nacht für Nacht ein neuer Stern. Heller und näher als je einer gesehen ward, geht er im Zenit auf und läuft gegen Westen wie ein Feuerwerk ab!«
»Heller und näher als je ein Stern, sagst du da?« fragte der König erschrocken.
»Seht selbst!« sagte Naburi und führte ihn auf die Plattform.
Nun war es kein Traum mehr: Zum Greifen nahe, alle anderen Sterne, selbst den Vollmond überstrahlend, stand der Stern über dem Land. Und richtig, als Coredan durch das Sehrohr blickte, war es wieder da: das Gefühl grenzenloser Freude, das ihn warm durchströmte.
Er hatte Mühe sich zu fassen: »Was sagen deine Bücher dazu, Naburi? Was soll uns dieser Stern bedeuten? Glück oder Unheil, Reichtum oder Dürre, goldene Jahre oder Seuchen?«
Naburi verneigte sich tief vor dem König: »Wer kann das sagen?« gab er zur Antwort: »Die Astrologen machen den Kalender, die Götter machen das Wetter. Aber wißt, daß dieser Stern schon in den ältesten Büchern vorhergesagt ist. Wenn er erscheint, wird allem Volk großes Heil, denn er zeigt die Geburt eines Herrschers an, der größer ist als Kyrus, Alexander und Cäsar zusammen.«

Da erzählte ihm der König seinen Traum. Naburi wiegte sein Haupt bedächtig und meinte nach einigem Überlegen, es stehe außer Zweifel, daß der Stern, der ihm erschienen, der gleiche sei, den die alten Sternkundigen prophezeit und der jetzt am Himmel stehe. Daß er sich aber als einzigem ihm, dem König, im Traum offenbart habe, könne nur bedeuten, daß der künftige Herrscher seiner Dienste bedürfe und daß großer Segen und große Freude über das Land kämen, wenn er sich aufmache und zu seiner Geburt ziehe, um ihm zu huldigen. Den seltsamen Spruch den der Traum enthielt, vermochte allerdings auch der Astrologe nicht zu deuten. Zwar versenkte er sich in seine Bücher, fuhr allerlei Ziel- und Meßgeräte gegen den Himmel aus, betätigte in fieberhaftem Eifer den Zirkel und geriet richtig ins Schwitzen.

»Zuviel Weisheit ist Torheit!« sagte er schließlich resignierend.
»Laß' es gut sein!« beruhigte ihn der König: »Eines Tages werden wir es wissen!«

So war die Reise zur Huldigung des größten und weisesten Herrschers bald beschlossene Sache. Ihre Ankündigung versetzte das ganze Land in Erregung. Aus allen Teilen kamen die Menschen und brachten Gaben, vor allem Edelsteine, die in den Bergen von Gordyene gefunden wurden. Viele bewarben sich als Gefolgsleute und erschienen in prächtigem Hofstaat vor dem Schloß. Aber Coredan bestimmte nur einige verläßliche Männer aus seiner Umgebung als Begleiter, denn er kannte die Gefahren, die einem zu großen Gefolge auf einer langen Reise zu einem unbekannten Ziel drohten. Von den Auserwählten sträubte sich nur Naburi, den wie viele Gelehrte Angst und Grauen vor der Verwirklichung seiner Theorien beschlich. Jammernd beschwor er den König, seines Alters zu schonen. »Die Alten zum Rat, die Jungen zur Tat!« rief er pathetisch.
Aber Coredan blieb unerbittlich: »Ein Schiff, das einem Stern folgt, braucht einen guten Lotsen. Wenn der Kapitän seine Nase am Himmel hat, läuft das Schiff auf Grund!«
Rasch kam die Stunde des Aufbruchs. Der König hatte ein Pferd zurüsten lassen, das einen Schrein mit den Gaben für den neugeborenen Herrscher trug; er enthielt die schönsten Kronjuwelen und Steine, die das Volk dargebracht hatte. Auch ein purpurfarbenes Pallium, ein Geschenk des römischen Kaisers, ließ er aufladen; nur in solch festlichen Kleidern glaubte er, dem königlichen Kind seine Aufwartung machen zu können. Gegen Mitternacht, als der Stern aufgegangen war, brachen sie auf. Fackeln erleuchteten den Weg. Viel Volk hatte sich eingefunden und jubelte dem König zu, in dessen Brust die Wehmut des Abschieds mit dem Stolz der Berufung und der freudigen Erwartung des Neuen schmerzlich rang.
Anfangs ging die Reise zügig voran. Dem Stern folgend ritten die Reisenden nach Westen, denn in einem der Reiche an den Küsten des Mittelmeeres sollte nach den Berechnungen Naburis der verheißene Herrscher das Licht der Welt erblicken. Neugierde und Tatendrang, die Aussicht auf Abenteuer, auf Ehrungen und Auszeichnungen ließen die Reiter ihren Pferden die Sporen geben. Auch trieb sie der König, dem der Traum noch frisch im Herzen brannte, zu größter Eile an, da er befürchtete, die Stunde der Geburt zu versäumen.
Bald hatten sie die Ebene verlassen, stiegen über karstigen, weglosen Stein, über endlose Geröllhalden ins Gebirge auf. Es war spät im Jahr. Kälte fiel ein, Schneestürme und Eis folgten. Die Kolonne erklomm sturmgepeitschte Paßhöhen, wand sich auf engen Pfaden und steilen Wegkehren an abschüssigen Felswänden entlang, mühte sich mit der Überquerung reißender Gebirgsbäche, preschte im Galopp über sandige Hochlandsteppen, watete durch knietiefen Morast und ermattete in der Trockenheit menschen- und pflanzenleerer Einöden.

Das Gestirn, dem sie folgten, zeigte sich unstet und launenhaft. Es narrte seine Verfolger, führte sie in die Irre, erstrahlte den einen Tag an dieser, den anderen an jener Stelle des Himmels, blieb am dritten ganz aus, um sich – ein neues Wunder – am nächsten Morgen bei Tageslicht neben der Sonne zu zeigen und ihr, dies freilich unveränderlich, nach Westen vorauszueilen.
So wurde die Reise von Tag zu Tag beschwerlicher. Roß und Reiter kämpften mit Erschöpfung. Längst lagen Gordyene und die befreundeten Nachbarländer, wo gastfreundliche Menschen für bequeme Rast und frische Pferde gesorgt hatten, hinter ihnen. Jetzt sah sich die Gesellschaft von barbarischen Völkerstämmen umgeben, die eine andere Sprache sprachen und König Coredan nicht einmal vom Hörensagen kannten. Feindseliges Mißtrauen verschloß ihnen den Zugang zu den Häusern. Zu den Unbilden der Witterung kamen Gefechte mit Räuberbanden, die aus dem Hinterhalt über sie herfielen. Mancher aus dem Gefolge fand dabei den Tod und mußte in fremder Erde bestattet werden. Fieber fraß sich in die Körper, nagender

Hunger quälte ihre Därme. Wo das Ziel unerreichbar und die Not unabwendbar erschienen, sank auch der Mut, und die Saat des Zweifels ging als Rebellion auf. Schon wurden Stimmen unter den Gefährten laut, die von Rückkehr sprachen.

Ihr Murren drang bald zu Coredan. Bei der nächsten Rast versammelte er sein Gefolge um sich: »Sind das die gleichen Männer, die einst die Schlachtreihen der Römer durchbrochen und die Parther in die Flucht geschlagen haben? Seid ihr so alt und schwach geworden, daß euch ein bißchen Gliederreißen und das Heulen der Wölfe im Gebirge erschrecken?«

Schweigen antwortete ihm. Dann machte sich der allgemeine Unmut Luft.

»Als wir gegen die Römer antraten«, rief einer, »kämpften wir gegen Fleisch und Blut; wir wehrten uns gegen Eindringlinge, die uns töten und unsere Familien in die Sklaverei verschleppen wollten. Und jetzt? Ohne Not haben wir unsere Heimat verlassen, um dem kalten Licht eines Sterns zu folgen, der uns in die Irre führt und kein Ziel anzeigt!«

»Wer ist dieser König«, fragte ein anderer, »den wir nicht kennen, wenn nicht ein Verführer, der uns in Wüsten lockt, in denen dereinst unsere Gebeine bleichen werden?« Wieder ein anderer: »Sind wir nicht Narren, daß wir dem Spruch eines Astrologen mehr Glauben schenken als unseren Augen? Wir sind nicht reich, aber zufrieden. Zahlreich sind unsere Herden, unsere Häuser sind sicher gebaut, unsere Kinder gedeihen uns zur Freude. All das sollen wir aufgeben und in die ungewisse Ferne ziehen, wo Siechtum und Tod auf uns warten?«

Ein vierter: »Wozu brauchen wir einen zweiten König? Einer ist genug!«

Coredan blieb gelassen. »Es mag wohl verrückt erscheinen«, entgegnete er ruhig, »dem Stern auf gut Glück zu folgen, ohne zu wissen, wohin die Reise geht. Aber ist nicht das ganze Leben eine einzige verrückte Reise, auf der jeden Tag ein neuer Aufbruch ohne Ziel von uns gefordert wird? In Wahrheit: Narren wären wir allesamt ohne unsere Verheißungen! Ihr tut gut daran, zufrieden zu sein mit dem, was ihr habt. Aber wer fand je Edelsteine, der sich nicht aufs Geratewohl in die Steinbrüche aufgemacht, wer Gold, der nicht in der Tiefe danach geschürft hätte? Jetzt ist der Augenblick gekommen, wo uns die Ankunft des größten Königs unter den Menschen reichen Segen verheißt – da sollten wir tatenlos vor dem häuslichen Herd sitzen, als sei nichts geschehen? Handelt also wie ihr wollt: Kehrt nach Hause zurück oder folgt mir nach!«

Die Mehrzahl der Gefährten hatte der Mut verlassen; sie beschlossen die Heimreise. Nur zwei Diener und Naburi setzten die Reise mit dem König fort. Der Sternkundige, den alle Glieder schmerzten, wäre viel lieber mit den anderen umgekehrt; da er jedoch der Anlaß des ganzen Unternehmens war, wagte er nicht, dem König zu widersprechen. Wer muß, tröstete er sich, hat keine Wahl.

Mit neuen Kräften folgte die kleine Schar dem Stern. Wie zum Lohn für ihre Ausdauer führte er sie bald aus der Enge und Einsamkeit der steinernen Wüsten heraus. Die Felswände traten zurück, die Schluchten öffneten sich in sanfte Täler. Bald breitete sich eine unermeßlich weite Ebene mit Flüssen und Ansiedelungen, Straßen und Weideland vor ihren Augen aus. Die Männer freuten sich, denn nun gab es wieder Menschen mit freundlichen Gesichtern zu sehen, bei denen man einkehren konnte; und überall erfuhren der König und seine Begleiter ehrerbietige Aufnahme und gute Bewirtung.

Nach einigen Tagen trafen sie auf eine der großen Handelsstraßen, die das Morgen- mit dem Abendland verband. Hier wimmelte es von Eselstreibern, Reisenden, Händlern und berittenen Kriegern aller Länder. Das laute Schreien und der Staub, den die Karawanen aufwirbelten, setzten ihnen gehörig zu.

Eines Abends machten sie vor einer Kurierstation halt. Ein Blick belehrte sie, daß hier fürstliche Herrschaften abgestiegen sein mußten. Der Hof der Herberge bot das Bild eines Heerlagers: lärmende Soldaten, die sich ihrer Waffen entledigten; Offiziere im Gespräch mit Hofleuten; Zelte waren aufgeschlagen, aus denen der Klang von Saiteninstrumenten drang; Bedienstete in bunter Kleidung bereiteten die Tafel. Coredan erfuhr, daß die Fürsten drei parthische Könige waren, die mit ihrem Gefolge nach Westen unterwegs waren.

Er meldete sich an und wurde sogleich vorgelassen. Die Herrscher saßen um einen großen Tisch, auf dem sie Karten und Bücher mit langen Zahlentabellen vor sich ausgebreitet hatten. Sarachin, der älteste, ein weißhaariger Greis mit kalten, knöchernen Zügen, verharrte in abweisender Distanz. Magalat erschreckte durch wildes, lang über die Schultern herabfallendes Haar und fanatisch flackernde Blicke, die aus tief eingefallenen Augen blitzten. Er murmelte ständig etwas vor sich hin und schien weder von seinen Freunden noch von den Fremden Notiz zu nehmen. Galgalat schließlich, der jüngste, saß, rundlich, gut gelaunt, die Wangen vom Wein gerötet, in einem Sessel und winkte die Ankömmlinge freundlich an den Tisch.
Nach dem Austausch von Höflichkeiten erkundigte man sich nach dem Woher und Wohin. Dabei stellte sich bald heraus, daß auch die drei parthischen Könige, die sich als Magier auf die Astrologie verstanden, von der Botschaft des Sterns wußten und ebenfalls ausgezogen waren, ihm bis zum Geburtsort des neugeborenen Königs zu folgen. Die Freude über die gemeinsame Entdeckung war groß. Jede Partei versuchte nun vorsichtig, von der anderen Genaueres zu erfahren. Die drei Könige schienen betroffen darüber, daß der Stern keinem von ihnen, sondern einzig Coredan im Traum erschienen war. Andererseits erwiesen sich die drei Parther als die Kundigeren.
»So wißt ihr nicht«, belehrte Sarachin seine Gäste etwas herablassend und mit unbeweglicher Miene, »daß die Konjunktion der Planeten Jupiter und Saturn im Sternbild der Fische die Geburt des göttlichen Kindes anzeigt?«
»Und ihr wißt wohl auch nicht«, fuhr Magalat fort, »daß das Zeitalter des Widders zu Ende geht und das der Fische beginnt?« Seine Augen funkelten unstet in Ekstase. »So hört: Das Lamm wird sterben, der Fisch wird geboren werden, und er wird König der Menschen werden, Fischer werden seine Jünger sein und sie werden Menschenfischer werden. Er aber wird Fische fangen und sie vermehren und die Hungernden damit speisen. Sein Leib wird zum Fisch werden und seine Anhänger werden ihn zu sich nehmen und sie werden im Wasser des Fischteichs untertauchen ...«
Coredan und Naburi rissen bei diesen wunderbaren Prophezeiungen Mund und Augen auf.
»Von all dem habt ihr wirklich nichts gewußt?« lächelte Galgalat freundlich, wenn auch etwas ungehalten und nahm einen großen Bissen Hammelfleisch zu sich.
Naburi fand als erster die Fassung wieder. »Glaubt ihnen nicht alles!« flüsterte er seinem König zu, der sich nun ganz klein und unbedeutend neben so klugen Männern dünkte. »Je gelehrter, je verkehrter! Wer weiß schon, ob das alles stimmt? Jeder hält sein Kupfer für Gold!«
Das Gespräch wandte sich handfesteren Themen zu. Stolz führten die parthischen Könige ihre Geschenke für den neugeborenen König vor.
»Riecht selbst! Wo anders als bei den Göttern gibt es solchen Wohlgeruch?« schwärmte Galgalat verzückt und reichte Coredan eine Probe betäubend duftender Myrrhe. Er hielt es erst an die Nase und kostete dann von dem kostbaren Harz. Es schmeckt bitter, wie der Tod, dachte er, und sein Traum fiel ihm wieder ein.
Magalat führte große Kisten voll arabischen Räucherwerks mit sich. »Weihrauch!« bemerkte er lakonisch: »Das Opfer des Geistes ist die Anbetung!«
Sarachin winkte einem Diener. Drei Männer schleppten eine riesige Truhe herbei. Geöffnet glänzte sie von reinem Gold. Neben diesen Reichtümern nahmen sich Coredans Juwelen eher kümmerlich aus. »Mein Volk bringt sie dem göttlichen König dar«, entschuldigte er sich.
»Ein jeder gibt eben, was er hat«, nickte Sarachin gnädig.

Die vier Könige kamen nun überein, die Reise gemeinsam fortzusetzen. Schon am folgenden Tag brachen sie auf. Die Stunde war günstig. Der Stern zeigte sich am Nachmittag am westlichen Himmel und wies den Weg. Ein seltsamer,

nicht enden wollender Zug von Höflingen, Astrologen, Soldaten, Dienern und Wagen setzte sich geräuschvoll in Bewegung. Vorne ritten die vier Könige; die parthischen Fürsten hoch auf schwankenden, glanzvoll herausgeputzten Kamelen. Von den Flanken des Zuges schossen geschäftige Eilboten wie Schwalben auf sie zu, Botschaften überbringend und Weisungen empfangend. Coredan ritt auf einem einfachen Pferd. Wie Leute aus der Provinz oft feierliche Kleidung anlegen, um dadurch den Städter zu beeindrucken, hatte er das purpurfarbene Pallium des römischen Kaisers umgeworfen.

Seine Gedanken kamen nicht zur Ruhe. Das Gespräch vom Vortag hatte ihn verwirrt. Erneut begann ihn, das Geheimnis seines Traumes zu quälen. Wer war dieser König der Menschen, zu dem sie da unterwegs waren? Offenbar nicht einfach ein Herrscher, der bessere Kleider trug, prächtigere Paläste bewohnte, tüchtigere Soldaten befehligte und größere Reiche eroberte. War er ein Gott, wie konnte ihm dann ein Mensch nahen, wie sich seiner würdig erweisen? Es konnte nicht ausbleiben, daß Coredan den anderen Königen seine Zweifel mitteilte.
Sarachin antwortete ihm als erster: »Er wird der größte aller Herrscher sein! Sein Wort wird wie ein Schwert über die Völker kommen. Er wird alle Länder erobern, über den Okeanos fahren und die Weltherrschaft seines Friedens errichten. Wer ihm glaubt, wird göttlicher Freuden teilhaftig, wer sich ihm widersetzt, wird Dämonen und bösen Geistern überantwortet werden. Wir werden seine Priester sein. Die Menschen werden wieder Gut und Böse unterscheiden lernen, Ordnung und Recht werden Einzug halten. Der Sohn wird wieder auf den Vater, der Soldat auf den Offizier, der Sklave auf den Herrn hören!«
Magalat widersprach ihm energisch: »Niemals«, rief er mit flatternden Haaren, das Gesicht von fahler Blässe übergossen, »wird der göttliche Geist nach Menschenart auf Erden herrschen! Weisheit wird einkehren in die Herzen der Menschen. Die Wahrheit der Philosophen wird ein matter Mondstrahl sein gegen die Fackel der göttlichen Wahrheit, die fortan alle Menschen erleuchten wird. Sie werden alles andere für gering achten und mit dem All eins sein . . .«
». . . oder allein sein!« bemerkte Galgalat spöttisch. »Ihr lieben Herren, Herrschaft hin, Weisheit her, aber ist es das, was die Menschen erhoffen? Gewiß nicht! Voll sei die Truhe von Brot, der Keller von Wein, das Dach sicher gezimmert über dem Haus eines jeden, keine Krankheit soll ihn peinigen, Wettspiele und schöne Frauen sollen ihn vergnügen bis ans Ende seiner Tage! Und damit der Neid seine Ruhe nicht störe, wird einer gleich sein dem anderen, keiner mehr haben noch tun als der andere, ein jeder so Bruder sein seinem Nächsten unter dem Zepter des großen Königs. Dann, so glaubt mir, Freunde, wird die saturnische Zeit wiedergekehrt sein und wahres Glück herrschen auf der Erde!«
Er hatte sich richtig in Begeisterung geredet, seine Äuglein leuchteten genüßlich, mit mächtigen Peitschenhieben trieb er sein Kamel an und eilte dem Zug voran. Die Diskussion ging lange hin und her.
Auch Coredan wurde nach seiner Meinung gefragt. Er wehrte ab: »Da ihr, kluge und welterfahrene Herren, euch schon nicht einigen könnt darüber, ob die Menschen am meisten der Weisheit, der Führung oder des Wohlergehens ermangeln, wie soll ich, der ich gerade das Geschäft des Regierens begonnen habe, klüger sein als ihr? Vielleicht brauchen wir einen König, der mehr von den Menschen weiß und die Tiefen ihrer Seelen kennt.«

Unter solchen Reden brach die Dämmerung herein. Ein mächtiger roter Schein kroch am Horizont in die Höhe und mischte sich mit dem milchigen Licht des Sterns, das ihnen voranleuchtete. Brandgeruch erfüllte die Luft. Verzweifelte Menschen standen am Weg und hielten den Zug an. Sie baten um Beistand für ihr Dorf. Krieger des Nachbarvolkes waren eingedrungen und hatten die Höfe angezündet. Coredan sah die verängstigten Gesichter der Leute und forderte die drei Könige auf, mit ihm den Bedrängten zu Hilfe zu eilen. Aber die Fürsten beschieden ihn abschlägig.
»Tausende von Meilen sind wir geritten«, sagte Sarachin

entschieden, »und sollen jetzt, nahe dem Ziel, die Geburt verfehlen, nur weil uns Rauchwolken und Kriegsgeschrei den Weg versperren? Tausendköpfig und unausrottbar ist das Elend, aber nur einmal ist uns das Heil geworden. So laßt uns eilig weiterziehen, daß wir es nicht versäumen!«
Coredan bewunderte ihre Entschlossenheit. Auch ihn mahnte der Traum. Noch mehr aber erbarmten ihn die flehenden Blicke der Bauern. Wer kann diesen Armen helfen, dachte er, wenn nicht ein König? So nahm er Abschied von den drei parthischen Herrschern, versprach aber, so bald wie möglich wieder zu ihnen zu stoßen. Naburi, wundgeritten und durchgeschüttelt, protestierte vergeblich.
»Warum soll ich ein Feuer, das mich nicht brennt, löschen?« murmelte er verständnislos und hielt sich ächzend den Rücken. Aber der König ließ keinen Einwand gelten.

Bald waren sie an der Brandstätte angelangt. Der Stern beschien eine traurige Szene: blutgerötet der Boden, übersät mit verkohlten Leichen, Erschlagenen, stöhnenden Verwundeten, gerettetem Hausrat. Schreiende Frauen, händeringend über ihren getöteten Angehörigen kauernd; verzweifelte, rußgeschwärzte Gesichter ratloser Helfer; das Wimmern der Kinder; das wilde Blöken von Panik getriebener Rinder. Die feindlichen Krieger waren schon abgezogen. Einige Häuser waren bis auf die Mauern niedergebrannt, andere standen noch in Flammen. Die ganze Nacht hindurch rangen Coredan und seine Leute mit dem Feuer, bargen Eingeschlossene und Verletzte aus schwelendem Gebälk. Auch den alten Astrologen überkam das Mitleid mit den Unglücklichen; er ließ Sehrohr und Quadranten stehen und bemühte sich mit Kräutern und Salben aus seinem Gepäck um die Verwundeten. Der König nahm sich der Schwerkranken an, bettete sie notdürftig unter freiem Himmel und sprach ihnen Trost zu. Die Nacht war kalt. Eine junge Frau, die Brandwunden erlitten hatte, wälzte sich fröstelnd am Boden. Da keine Kleider verfügbar waren, zog Coredan das Pallium aus und breitete es über die Kranke. Nach einigen Tagen waren die Flammen gelöscht, die Trümmer beseitigt, die Toten begraben, die Verwundeten auf dem Weg der Besserung. Der König hatte geholfen, so gut er konnte, und mehrere seiner wertvollsten Juwelen an die Ärmsten unter den Obdachlosen verschenkt. Als er endlich zur Abreise rüstete, wollten ihn seine Schützlinge nicht ziehen lassen. Die einfachen Leute erkannten an seiner ordnenden Hand die Befähigung zum Herrschen und ahnten seinen Stand. Sie küßten den Saum seines Gewandes und baten ihn kniefällig zu bleiben. Da sie ihn nicht halten konnten, wollten sie wenigstens seine Herkunft wissen. Er aber winkte lächelnd ab, bestieg sein Pferd und sprengte rasch davon.
Obwohl von der Arbeit erschöpft, drängte der König seine Begleiter zur Eile. Anstatt zur großen Handelsstraße zurückzukehren, folgten sie geradewegs der Lichtspur des Sterns, den der Astrologe jetzt am südlichen Himmel ortete. So hofften sie, schneller auf die Karawane der drei Könige zu stoßen. Doch schien es, als führe sie der Stern erneut in die Irre. Bald verlor sich der Weg wieder auf bergige Anhöhen. Tage und Wochen kämpften sie sich mühsam auf Ziegenpfaden über ansteigende Steinwüsten und disteliges Gestrüpp an den Fuß eines Gebirges heran, über das sie der Stern rief. Aber von der Erde stiegen Nebelbänke auf, die jede Sicht nahmen. Hirten wiesen ihnen achselzuckend Steige, auf denen sie im Kreis liefen. Schließlich hatten sie jede Orientierung verloren, und kein Sehrohr, keine Tabelle half ihnen weiter.

Es war Nacht geworden. In einer windstillen Bergmulde, umgeben von Steinen und Nebel, stiegen sie zur Rast ab. Gedrückt und wortkarg verzehrten sie das Mahl.
Lang aufgestauter Groll brach aus Naburi hervor: »Hätten wir doch die drei Könige niemals verlassen, Herr!« jammerte er. »Was hatten wir in dem Dorf zu schaffen? Jetzt stimmt eure Kasse nicht mehr. Wären wir länger geblieben, so wären wir alle Juwelen losgeworden und stünden mit leeren Händen da. Wer sich zum Honig macht, den benaschen die Fliegen!«
»Geduld ist stärker als Diamanten«, beschwichtigte ihn der König lächelnd.

Er schickte die übermüdeten Gefährten auf ihre Lager und hielt selbst Wache am Feuer. Auch ihn quälten jetzt trübe Gedanken und Zweifel am Sinn der Reise. Schon war es ein Vierteljahr her, daß sie ausgezogen waren, und die Aussicht, das Ziel zu erreichen, schwand mit jedem Tag. Sein Aussehen war nicht mehr das eines Königs. Das Pallium hatte er weggegeben, die ehedem prächtige Kleidung war beschmutzt und abgetragen. Wilder Bartwuchs verlieh ihm ein düsteres Aussehen. Müdigkeit und Resignation waren an die Stelle gebieterischen Stolzes getreten. Was ist ein König, dachte er, wenn er kein Land, keine Krone, keine Soldaten, keinen königlichen Rock mehr besitzt?

Jn solche Grübeleien versunken hörte er Schritte aus der Nacht. Der Nebel teilte sich, eine Familie, nach Sprache und Kleidung Fremde wie er, kam des Weges. Ein hochgewachsener junger Mann von seltsam ehrfurchtgebietender Erscheinung führte einen Esel, der mit Säcken und Schläuchen beladen war und eine Frau und ihr kleines, in Decken gehülltes Kind trug. Sie machten in einiger Entfernung halt und kamen erst näher, als Coredan sie einlud, sich am Feuer zu wärmen. Behutsam half der Mann der Frau vom Esel, entlud das Tier, breitete Decken zu einem Lager aus, bettete das Bündel mit dem Kind liebevoll darauf und richtete mit der größten Selbstverständlichkeit ein Mahl, als geschehe dies alles am häuslichen Herd und nicht in unwirtlicher Bergeinsamkeit.

Während er so hantierte, berichtete er mit dürren Worten: Kriegerische Horden hatten das Land überfallen und auch ihr Dorf niedergebrannt. Als einzige Überlebende waren sie mit spärlichen Resten ihrer Habe entkommen, verfolgt, gehetzt, eine Flucht ins Ungewisse, eine Rückkehr nicht mehr möglich.

»Und das Ziel?« forschte Coredan.

»Wem sagen die Götter schon, wohin die Reise geht!« Ja, ein Bruder, der vor Jahren nach dem Süden ausgewandert war. »Wir wissen nicht, ob er noch lebt, noch wo er sich aufhält«, sagte die Frau. »Wir werden so lange wandern, bis wir ihn gefunden haben.«

Und sie haben keinen Stern, der sie führt, dachte der König erschrocken.

»Ein Kind ist eine Hoffnung«, sagte der Mann.

Die Frau lächelte und drückte das Bündel fest an sich. Der König erkundigte sich, ob ihnen auf ihrer Wanderung Gerüchte über die Geburt eines göttlichen Königs zu Ohren gekommen seien. Er habe eine weite, mühevolle Reise seinetwegen unternommen, sei dem Stern gefolgt, habe aber seit Tagen jede Spur verloren.

»Verzagt nicht, Herr!« sagte der Mann: »Wenn dieses königliche Kind uns allen Segen bringt, so geht und sucht es, und ihr werdet es finden, so wie ich meinen Bruder finden werde!« Und fast befehlend fügte er hinzu: »Geht nach Palästina! Dort, habe ich sagen hören, soll ein großer König der Juden geboren werden. Vielleicht ist er es, den ihr sucht. Und sorgt euch nicht um den Stern: Bald werdet ihr ihn wieder sehen!« Mit diesen Worten verabschiedete sich der Mann, lud seine Familie auf den Esel; und so schnell wie die drei aufgetaucht waren, waren sie wieder im Nebel verschwunden.

Den König dünkte die unvermutete Begegnung wie die Erscheinung eines Engels: Himmlischer Trost legte sich wie Balsam auf die Wunden seiner Zweifel. Da war sie wieder, die Freude, die den ganzen Körper bis in die letzten Fasern durchströmte und ihn nicht mehr ruhen ließ! Alle Mutlosigkeit war von ihm abgefallen. Wunderbar erfüllten sich die Worte des Fremden: Nach einigen Stunden löste sich der Nebel auf und der Stern erstrahlte im Süden wie ein Leuchtturm im Meer der Nacht. Coredan weckte die Gefährten, und ohne Säumen setzten sie den Weg über das Gebirge fort. Gegen Morgen bemerkten sie, daß der Stern nicht wie sonst untergegangen war, sondern seine Stelle über dem Horizont unverändert beibehalten hatte.

»Er ist angekommen!« rief Naburi begeistert aus: »Das Ende seiner Bahn ist der Ort der Geburt.«

»Wir müssen uns beeilen!« sagte Coredan. »Wenn wir ihn nicht bald über uns sehen, wird er erlöschen, und nichts wird uns dann mehr den Weg weisen.«

Um keine Zeit zu verlieren, beschlossen sie, nicht länger dem Zug der drei Könige zu folgen, sondern geradewegs nach Süden zu ziehen. Rasch hatten sie das Gebirge überwunden; dürres Steppenland lag vor ihnen. Eine Weile machten sie ihre Absicht wahr, trieben die Pferde bis zur Erschöpfung an, blickten, im Galopp reitend, weder nach links noch nach rechts sondern nur auf den Stern vor ihnen. Aber bald gelangten sie in dicht besiedeltes Gebiet, in dem nach jahrelanger Dürre Teuerung und Hungersnot herrschten. Neben den prächtigen Villen der Reichen duckten sich ärmliche Lehmhütten und Erdlöcher, aus denen abgemagerte Gestalten neugierig gekrochen kamen. In einer engen, von übelriechendem Unrat bedeckten Dorfgasse drängte sich ein Knäuel schreiender Kinder und versperrte den Weg. »Platz da!« riefen die Diener Coredans.
Der König ließ anhalten und stieg vom Pferd. Der Knäuel umringte ihn, griff polypenarmig nach seinen Kleidern: knöcherne Hände, die ihn hilfesuchend betasteten, aufgeregt hin und her zerrten, ein Wirbel unverständlicher Rufe, Klagen, hungriger Blicke aus hohlwangigen Gesichtern. Coredan, bewegt und verstört, ließ sich in das Dunkel einer niedrigen Hütte ziehen. Er hörte noch Naburis Stimme: »Vergeßt den Stern nicht, Herr!« aber nicht mehr sein unwilliges Brummen: »Wer sich zum Esel macht, dem will jeder seinen Sack auflegen!«

Der König befand sich in einer Töpferwerkstatt. Vor einem Berg aufgestapelter Vasen und Amphoren, die keinen Käufer fanden, beklagte der Töpfer unter Tränen sein Los: Seit Monaten ohne Einnahmen war die zwölfköpfige Familie dem Verhungern nahe. Schon hatte eine Seuche zwei der Kinder befallen; ihre Fieberphantasien mengten sich in die Schreie der Gesunden. Um die anderen vor der Hungersnot zu bewahren, hatte sich der Vater endlich schweren Herzens entschlossen, die ältesten drei Kinder an einen reichen Tuchhändler in die Sklaverei zu verkaufen. Nun war die Stunde der Übergabe gekommen.
Verzweifelt zerriß der Töpfer sein Gewand: »Wäre doch die Sonne nie aufgegangen! Wir haben die Kleinen genährt und gepflegt, haben Jahr für Jahr die Nächte hindurch gearbeitet, an ihren Lagern gewacht, und sollen sie jetzt verkaufen wie Vieh?« Er warf sich zu Boden und rief schluchzend: »Warum lassen es die Götter zu, daß Kinder in eine Welt geboren werden, in der solches geschieht?«
Coredan wußte keine Antwort. Der Jammer der Familie beengte ihm das Herz. Nie zuvor war ihm menschliches Unglück in dieser Form begegnet. Er lief zu seinem Pferd, entnahm dem nur noch halb gefüllten Juwelenschrein einige Steine und händigte sie den Töpfersleuten aus. Wenn der große König so mächtig ist, wie geweissagt wurde, dachte er, wird es ihm wohl auf einen Stein mehr oder weniger nicht ankommen. Das ganze Dorf strömte zusammen, um den Töpfer zu sehen, der mit einem Schlag aus Elend und Schande zu Wohlstand gelangt war. Coredan aber beugte sich zu den Kleinen nieder, umarmte und küßte sie. Im Schutz der Menge entzog er sich dem Dank der überglücklichen Familie.

Noch immer stand der Stern tief am südlichen Horizont, unbeweglich, ein Fixstern, der nur die eine Aufgabe zu haben schien, aller Welt die Stelle zu bezeichnen, an der sich einzigartiges für die Menschheit begab. Und wie Naburi entsetzt durch sein Sehrohr beobachten mußte, verzehrte er sich in der Ausstrahlung dieser Botschaft zusehends und büßte Tag um Tag mehr an Leuchtkraft ein.
Coredan nahm kaum Notiz von dieser Veränderung. Seit den Erlebnissen der letzten Wochen hatte er seine Aufmerksamkeit mehr und mehr den Vorgängen auf der Erde zugewandt. Zum ersten Mal im Leben entdeckte er, wie sehr die Welt im argen lag. In Gordyene hatte es keine Armen gegeben – oder hatte er sie nur nicht gesehen, war stolz vorbeigeritten im Überschwang seiner jugendlichen Kräfte oder getrennt gewesen von ihnen durch die Schranke königlicher Distanz? Jetzt, da er nicht mehr nur der König war, sondern Weggenosse, Hilfesuchender, Gast und Bruder, da er in die Häuser und Stuben der einfachen Leute kam, ihre Nöte sah und teilte, war diese Schranke gefallen, und die Augen gingen ihm auf für das Elend unter den Menschen. Kein Tag, an

dem er nicht die Hinfälligkeit ihrer Existenz erlebte, ihre Armut, Gebrechen, Krankheiten, ihr armseliges Gebären und Sterben, die Qual ihrer Ängste, die Aussichtslosigkeit ihrer Bemühungen, aber auch die Schwächen und Bosheiten ihres Wesens, und am schlimmsten: ihre Gedankenlosigkeit, die die Dinge so treiben ließ wie sie waren. Furchtbar war es zu sehen, wie Erdbeben und Fluten, Brände und Schneemassen ihre Behausungen zerstörten, Dürre und Heuschrecken ihre Ernten verwüsteten, Seuchen ganze Landstriche verödeten. Furchtbarer aber noch, daß die Menschen selbst einander das Unheil ins Haus brachten, Reichtümer horteten wo andere hungerten, sich gegenseitig gefangen hielten, in die Sklaverei verschleppten und ausrotteten.

Wohin Coredan auch kam, überall empfingen ihn Not und Elend, als hätten sie auf ihn gewartet, und der Zug der vier kam oft nur wenige Meilen am Tag voran. Da war ein Fluß über die Ufer getreten und hatte ein Dorf überflutet; Wasser spülte Treibholz und Tierkadaver vor die Füße der Reisenden. Der Astrologe wollte gleich einen Umweg einschlagen. »Die Götter haben sie naß gemacht«, rief er, »sie werden sie auch wieder trocknen!«
Aber Coredan gab seinem Pferd die Sporen und sprengte mit seinen Dienern in die Fluten. Bis zum Leib im Wasser watend, arbeitete er sich an ein einstürzendes Haus heran und barg Frauen und Kinder, die verängstigt auf dem Dach hockten.
In einer Herberge geriet er in einen Streit, den Vater und Sohn um eine Sklavin führten, die von beiden beansprucht wurde. Der Junge drohte auszuziehen und den schwächlichen Alten mit der Wirtschaft allein zu lassen. Der starrköpfige Alte lief mit einer Peitsche hinter der Sklavin her, die sich hilfesuchend zu Coredan flüchtete.
»Undankbarer Bengel!« brüllte der Alte. Ein Topf flog durch die Luft. »Vergiltst du mir so die Mühe, die ich zwanzig Jahre auf dich verwendet habe?« Ein Teller folgte und verfehlte knapp den Astrologen. »Die Kinder wollen heutzutage ja klüger sein als die Eltern. Aber warte, du Strolch!« Unter einem Hagel von irdenen Öllampen ergriff der Geschmähte schließlich die Flucht.
Naburi hatte sich in Sicherheit gebracht und rief aus einer Ecke: »Herr, ich will ja nicht drängen, aber . . .«
»Der Stern! Richtig, Naburi! Aber sag selbst, kann man die Streithähne sich selbst überlassen? Zweifellos werden sie sich gegenseitig umbringen!«
So blieb er und suchte vergeblich zwischen den eigensinnigen Kontrahenten zu vermitteln. Als alles Zureden nichts half, erbot er sich, die Sklavin freizukaufen und entschädigte die Hitzköpfe mit zwei kostbaren Smaragden.

Tags darauf, sie waren noch nicht weit geritten, drang leise krächzendes Wehklagen aus schilfigem Dickicht an ihre Ohren und brachte den Zug erneut zum Stehen. Coredan stieg vom Pferd, arbeitete sich durch das hohe Schilf und gelangte zu einer ärmlichen Bretterhütte, vor der eine ausgezehrte, zu Tode geschwächte Alte im Sand kauerte: gierige Blicke, wo Hände und Stimme die Kraft zum Betteln verloren hatten. Die Türe stand weit offen. Innen herrschten Dunkelheit und schwüle Hitze. Wasser stieg aus dem Boden, Ungeziefer huschte über die Latten. Auf einer Holzpritsche lag der Mann der Alten, zahnlos und kahlköpfig, speicheltriefend, mit zittrigen Händen ein Stück alter Brotrinde befingernd.
»Hunger . . . Brot . . . irgendetwas!« wimmerte die Alte und kroch an den König heran.
»Irgendetwas . . .«, lallte auch der Mann.
»Ein Jahr sind wir schon hier«, berichtete die Frau, »verlassen, ohne Hilfe, die Kinder, der Stamm . . . es ist ja wahr, die Kamele können wir nicht mehr hüten, und auch sonst sind wir zu nichts mehr zu gebrauchen!«
». . . zu nichts mehr zu gebrauchen!« kam das Echo von der Pritsche.
»So hat man euch ausgesetzt?« fragte Coredan.
»Ja, ausgesetzt!«
». . . ausgesetzt!«

Der König ließ beiden ein Mahl bereiten, das sie heißhungrig verschlangen. Seine Diener trugen sie zu den Pferden, hoben sie sorgsam in den Sattel und gingen neben den Tieren her. Im Schneckentempo bewegte sich der Zug zur nächsten Stadt. Dort opferte Coredan einen großen Diamanten und erkaufte den Alten damit eine Pflegestelle bei guten Menschen.

Wieder hatten sie die freie Ebene gewonnen. Die Pferde waren in Galopp gefallen, am südlichen Himmel verdämmerte der Stern. Plötzlich sprang ein junger Mann hinter einem Baum hervor und stürzte auf die Reiter zu. Coredan zog sein Schwert, aber das verstörte Gebaren des Mannes verriet einen Hilfesuchenden. Mitnichten, stammelte der in größter Eile, sei es seine Absicht, die Herren zu erschrecken. Vielmehr flehe er sie um Beistand an gegen seine Verfolger. Dabei zitterte er am ganzen Körper, suchte ängstlich den Horizont ab, wollte sich schon wieder entfernen, hielt aber inne und warf sich schließlich vor Coredan zu Boden.
»Wer denn die Verfolger seien?«
»Soldaten!«
»Soldaten?«
Es dauerte eine Weile bis der König erfuhr, was geschehen war: Blutjung sei er zum Kriegsdienst angeworben worden, er, der keiner Fliege ein Leid antun konnte, der umgefallen sei, wenn er Blut gesehen habe. Märsche über Hunderte von Stadien – er, der keinen Tag je das elterliche Haus verlassen habe! Im Kampfgetümmel dann nicht Tropfen, sondern Ströme von Blut, das Heimweh nach Eltern und Geschwistern, die Ungeschicklichkeit; ja mit Mehl und Backtrog könne er umgehen, aber mit dem Schwert? Plötzlich habe er die Nerven verloren. Davongelaufen sei er, desertiert. Da habe man ihn gefangen, verurteilt. Tod durch Enthauptung, hieß es. Schon habe man ihn zum Richtplatz geführt, schon sah er das Schwert des Henkers blitzen, da habe er sich losgerissen, und jetzt sei er hier und die anderen hinter ihm her.
»Was meinst du, Naburi? Wollen wir dem Jungen helfen?« fragte der König seinen Astrologen.
Der war voller Vorwürfe: »Herr, wenn ihr alle Übeltäter beschützen wolltet, könnten wir in der Zeit bequem die Milchstraße durchwandern!«
»Nicht alle, nur diesen einen!«
Schon tauchte eine Staubwolke hinter ihnen auf, berittene Krieger schwärmten aus, die den Zug der Reisenden bald eingeholt und umringt hatten. Ein Offizier forderte die sofortige Auslieferung des Deserteurs. Coredan nahm ihn beiseite und verhandelte mit ihm über seine Freilassung.
»Er ist noch sehr jung, ich will ihn seinen Eltern zurückbringen. Nennt mir eine Summe!«
»Herr, das geht nicht«, sagte der Offizier. »Es ist gegen alle Militärgesetze.«
Coredan bot ihm einen seiner schönsten Rubine. Der Offizier sah den Stein begehrlich an, widerstand aber.
»Ich bin selbst des Todes, wenn ich auf euch höre. Er ist ein Verbrecher!«
»Mag sein«, sagte Coredan. »Aber sagt selbst, sind nicht auch alle diese Kriege Verbrechen? Nehmt diesen noch!« Er legte einen prächtigen Saphir dazu. Ein Vermögen, dachte der Offizier, weigerte sich aber beharrlich.
»Alles hat seinen Preis«, sagte Coredan verschmitzt. »Ihr braucht nur zu melden, daß ihr ihn auf der Flucht getötet habt. Ist es nicht so?«
Ein dritter Stein, ein feingeschliffener Amethyst, besiegelte schließlich den Handel. So wurde der Ausreißer, der zu allen Kindereien eher als zum Waffengang unter Männern taugte, in letzter Minute aus den Mühlen der Militärjustiz befreit. Coredan und die Seinen nahmen den Umweg auf sich und brachten den Jungen seinen Eltern zurück, die den Geretteten und seine Retter mit einem mehrtägigen Freudenfest feierten.
Als er so sein Wirken überall begeistert aufgenommen sah, stieg sein Selbstvertrauen. Nach allem, was er in den letzten Monaten gesehen und getan hatte, hielt er sich nicht nur für befähigt, sondern auch für verpflichtet, es dem Philosophen Sokrates, von dem er gehört hatte, gleichzutun und wie ein Lehrer zu den Menschen zu sprechen, ihre Fehler und Versäumnisse anzuprangern und sie zu ermutigen, ihre Lage zu ändern. Und da er die Wohlhabenderen für die Vernünftigeren hielt, gedachte er bei ihnen anzufangen.

Die Gelegenheit dazu bot sich in einer kleinen Stadt an der syrischen Grenze. Große Villen, üppige Gärten mit Wasserspielen und Teichen, kunstvolle Statuen auf weiten Plätzen: rundum stolze bürgerliche Gediegenheit, der richtige Ort für sein Vorhaben! Er schickte seine Diener auf den Markt und ließ ausrufen, ein Edelmann aus dem Osten sei gekommen und habe Wichtiges zu verkünden. Dann ließ er eine Bühne aus Brettern zimmern. Die Neugierde war groß, und bald drängte sich ein buntes Gewimmel von Menschen aller Stände auf dem Marktplatz.

Erwartungsvolles Schweigen breitete sich aus, als Coredan unter schmetternden Trompetenstößen die Stufen zu dem Podest bestieg und zu reden anhub. Er erzählte von den Menschen im fernen Gordyene, von ihrem einfachen und glücklichen Leben, von seiner Königsherrschaft, dem Grund seiner Reise, und schilderte, was ihm alles zugestoßen war. Er sprach von Katastrophen, die von der Natur verhängt seien und von anderen, die sich die Menschen gegenseitig bereiteten. Sie alle, beschwor er seine Zuhörer, müßten zusammenstehen und Dämme gegen Überschwemmungen und Bewässerungsanlagen für trockenes Land bauen, die Kranken pflegen, die Hungrigen speisen. Dazu aber müßten die Reichen Mittel zur Verfügung stellen und die Sklaven ihre Freiheit erhalten.
»Bürger«, rief er, »was ist ärgerlicher, die Trägheit der Menschen und ihr grenzenloser Unverstand, mit ihren eigenen Nöten aufzuräumen, oder ihre Eigensucht, ihr völliger Mangel an Brüderlichkeit, ihre satanische Freude, andere zu unterdrücken . . . ?«
Er kam nicht weiter. Schon bald, nachdem er zu reden begonnen hatte, war Gelächter ausgebrochen, als die Leute seine schäbige Kleidung bemerkt hatten, an der Straßenstaub, Flußschlamm, der Ruß verbrannten Holzes und das Blut und die Tränen geborgener Opfer klebten.
»Das soll ein König sein, der da?« lief es durch die Menge, erst tuschelnd, dann lauter, böse zischend. Die Bürger formierten sich: »Not – wovon redet er? Was meint er mit Unverstand? Es scheint, er ist nicht recht bei Sinnen!« Hie und da kam auch zögernder Beifall auf. Besonders die Leibeigenen rührten die Hände, riefen zustimmende Worte; hier reckte einer grüßend den Arm aus der Menge, dort erhob sich drohend eine geballte Faust.
Aber der Sturm der Entrüstung schwoll an: »Was will der Narr mit den Sklaven? Leben sie nicht bei uns besser als irgendwo sonst? Wo werden sie so gemästet, herausgeputzt, die Faulpelze? Verhungern müßten sie als Freie, grenzenlos wäre ihr Unglück! – Die Schlingel will er gegen ihre Herren aufhetzen!«
Coredan erhob seine Stimme: »Brüder, so glaubt mir doch . . .« Die Worte gingen im wütenden Gebrüll der Menschen unter.
Naburi zog ihn am Rock: »Herr gebt euch zufrieden, sie lassen euch nicht reden! Wer auf dem Markt singt, dem bellt jeder Hund ins Lied!«
Lauter rufend versuchte Coredan erneut, das Wort an sich zu reißen: »Brüder, glaubt mir . . . ein Mißverständnis . . .«

Aber der Volkszorn entlud sich wie ein Gewitter über ihn. Erst waren es Eier und Apfelsinen, dann Steine, die auf ihn niederprasselten und ihn vom Podium vertrieben. Mit Mühe bahnten ihm seine Diener einen Fluchtweg. Von Stößen und Schlägen vorangetrieben, begleitet von den Schreien gezüchtigter Sklaven, gelangte er endlich vor die Mauern der Stadt. So endete Coredans Versuch, die Menschen zu belehren, als kläglicher Fehlschlag.
Zu allem Unglück war jetzt eingetreten, was der König befürchtet hatte: Der Stern, der in den letzten Wochen nur noch einen schwachen Schein zur Erde gesandt hatte, war endgültig verschwunden, untergetaucht im Mosaik der anderen Sterne wie ein Wassertropfen im Weltmeer. Bestürzung und Entmutigung lähmten aufs neue die Schar.
Wieder war es der Sterndeuter, der sein Los lauthals beklagte und den Tag verwünschte, an dem er zu dieser Reise geraten hatte. »Wie wollt ihr das göttliche Kind finden«, haderte er mit Coredan, »wenn euch der Stern nicht mehr vorausleuchtet? Welches Kind ist das richtige? Fürstenhäuser gibt es viele, und Kinder werden überall geboren.«

Das war in der Tat der springende Punkt. Coredan allerdings räumte alle Zweifel beiseite. Für ihn stand es fest: »Ist er der König, auf den alle Prophezeiungen hinweisen, so kann er nur von glanzvoller Herkunft sein! Laßt uns also nach dem Süden ziehen, wie es uns der Mann im Gebirge geraten hat, und nach dem Palast des mächtigsten Herrschers weit und breit suchen. In Palästina oder auf dem Weg dorthin werden wir ihn finden!«

Nach wochenlangen Wüstenmärschen erreichten sie endlich eine prächtige, vieltürmige Oasenstadt im Osten Syriens, die Residenz des Königs Zenobius. Hier herrschte geschäftiges Treiben wie in einem Taubenschlag, ein ständiges Kommen und Gehen von Karawanen, die arabischen Weihrauch und chinesische Seide mit sich führten. Coredan mischte sich unter die Ankömmlinge, zog staunend mit ihnen durch den großen Triumphbogen, bewunderte die weiträumigen, von Tempelbauten umstandenen Plätze und die breiten Palmenalleen mit ihren Skulpturen. Heller Marmor blendete die Augen. Aus der Ferne drangen Musik und feierliche Rufe.
»Hier könnte es sein!« dachte Coredan.
Tatsächlich erfuhr er, daß Zenobius die Geburt eines Sohnes feierte, zu der Gäste von überall her erwartet wurden.
»Wir sind am Ziel!« frohlockte er.
Mit klopfendem Herzen, des großen Ereignisses gewärtig, ritten Coredan und seine Begleiter zum Palast des Zenobius. Ein düster aufragendes Festungswerk mit abweisenden Außenmauern, kleinen Toren und verschachtelten Innenhöfen empfing sie. Unbehelligt gelangten sie in den Außenbezirk, passierten Gefängnisse, Richtstätten, Übungsplätze für Ring- und Schwertkämpfer. Weiter ging es, vorbei an reichen Stallungen, Warenlagern, Gesindekammern und Haremsgemächern. Aber Coredan ließ sich nicht von der Fassade herrschaftlicher Prunkentfaltung blenden. Die Reise hatte ihm Augen und Ohren geschärft und ihn gelehrt, genauer zu beobachten: So sah er auch die haßerfüllten Augen der Sklaven, die hohläugigen Gesichter der Gefangenen, hörte das Stöhnen der Gefolterten und das Klirren der Ketten, das begehrliche Geschnatter und Zetern der Frauen hinter den Fensterläden.
Leibwächter hielten sie an, finstere Gestalten.
»Ich bin ein König und will zu eurem Herrn!« sagte Coredan bestimmt.
»Ein König?«
Ein kurzes, rauhes Auflachen, das nichts Gutes verhieß. Dann griffen rohe Hände nach ihm, rissen ihn vom Pferd, schleppten ihn durch ein Labyrinth dunkler Gänge. Unversehens stand er dem Fürsten gegenüber.
Zenobius, eine weltmännische Erscheinung, nach römischer Art gekleidet, schmuckbehangen und Wohlgerüche verströmend, war in den Kissen eines tiefen Sofas versunken und plauderte angeregt mit Würdenträgern.
Einer der Leibwächter verneigte sich und fragte mit einem Grinsen: »Herr, dieser da sagt, er sei ein König und wolle euch sprechen. Was soll mit ihm geschehen?«
Coredan bewahrte die Fassung: »So also wird an eurem Hof die Gastfreundschaft geübt, Zenobius?«
Ein Wink des Königs, und die Soldaten ließen von ihm ab.
»Verzeiht, Bester! Zuviele Leute kommen an den Hof dieser Tage. Es hat Mordanschläge auf mich gegeben, ihr versteht, man muß da vorsichtig sein. Diese Burschen haben natürlich weder Manieren noch Menschenkenntnis, was kann man schon von Thrakern erwarten!«
Ein bedauerndes Lächeln ... »Wo, sagtet ihr, daß eure Heimat sei? Gordyene? Laßt mich nachdenken! – Ich hab's! Irgendwo bei Kappadozien? Bei Bithynien? Auch nicht? Nun, es gibt so viele kleine Länder ... Nein, wirklich, Vetter, ein König in diesem Aufzug!«

Mit freundlicher Herablassung maß er ihn von oben bis unten. »Laßt euch neue Kleider geben! Und tragt euch in die Gästeliste ein! Ihr wollt doch den Kleinen sehen? Eure Gaben könnt ihr beim Hofmarschall abgeben. Der Palast quillt schon über davon! Habt ihr Herden gebracht oder Söldner?« Seine Augen leuchteten. »Söldner sind mir die liebsten Geschenke. Seht euch die Baktrier an! Die baktrischen Söldner sind die besten!«

Die Runde löste sich auf. »Unter uns gesagt, Vetter: schon wieder ein Kind! Der fünfte ist das nun schon. Bedenkt man es richtig, so hat man nur Ärger mit Kindern. Die Mädchen, nicht wahr, kosten ein Vermögen, und die Söhne, sind sie erst erwachsen, empören sich gegen die Väter und wollen sie vom Thron stürzen . . . jetzt aber entschuldigt mich!«

Er wandte sich ab und ließ seinen Gast stehen. Diener brachten ihn in einen großen Saal, wo das Neugeborene zu besichtigen war. Das Kind lag wie aufgebahrt unter einem brokatenen Baldachin, bedeckt von goldenen Tüchern, umlagert von einer unübersehbaren Menge. Erschreckt durch das Flüstern und Köpferecken, das Drängen und Stoßen der Menschen, trompetete es aus voller Kehle und übertönte die feierlichen Rufe des Zeremonienmeisters, der den Namen jedes Gastes laut von einer Liste las, während dieser vortrat, sich verneigte und kniefällig den Saum der Tücher küßte. Den restlichen Raum füllte ein ständig wachsender Berg von Geschenken: Geschmeide, kostbare Gewänder, geschnitzte Stühle, Marmorbüsten, Amphoren – ein Berg, der schon die halbe Höhe des Raumes erreicht hatte.
Das sollte der göttliche König sein, dachte Coredan entsetzt. Aus dieser feindseligen Festung des Mißtrauens, aus diesem Dunstkreis der Verweichlichung und Verschwendung, von diesem Berg gehorteter und geraffter Güter sollte das Heil für die Menschen kommen? Nein, soviel war sicher: Dieses Kind da war nur ein ganz gewöhnlicher Erdenbürger, einer von hunderttausend anderen, aber nicht *sein* König!
Er suchte Zenobius und fand ihn bei seiner Lieblingsbeschäftigung: Ringkämpfen, denen er von der Zinne einer Mauer aus zusah.
»Süperb! Diese Geschmeidigkeit, diese stählernen Muskeln!« schwärmte er. »Es sind eben Baktrier!«
Ob er in den letzten Wochen einen strahlenden Stern über dem Palast gesehen habe, fragte Coredan.
»Wo denkt ihr hin, Bester – einen Stern? Nicht, daß ich wüßte! Auch pflege ich des Nachts zu schlafen.«
Dann seien auch nicht drei Könige aus dem Partherreich eingetroffen?
Zenobius sah ihn böse an: »Nennt mir nur nie wieder diesen Namen! Seit wann kommen Feinde zu Familienfesten?«
Die letzte Gewißheit brachte Naburi, der schnaufend angelaufen kam und berichtete, er habe den Himmel vermessen und diesmal errechnet, daß die Geburt schon vor einem Vierteljahr an anderer Stelle stattgefunden haben müsse.
»Einen tüchtigen Astrologen habt ihr da!« bemerkte Zenobius wohlgefällig.
Er lud den König und seine Begleiter zu einem längeren Aufenthalt ein, aber Coredan schob dringende Geschäfte vor und rüstete zum Aufbruch. Da er merkte, daß der stets auf neue Zerstreuungen erpichte König Gefallen an seinem Astrologen gefunden hatte, während ihn selbst die zunehmende Hinfälligkeit des Alten schon längst mit Besorgnis erfüllt hatte, kam er mit Zenobius überein, ihn bis zu seiner Wiederkehr bei Hofe zurückzulassen, wo er Zenobius in die Geheimnisse der Sterndeuterei einführen sollte.
Naburi wehrte sich anfänglich, sah aber ein, daß er seinem Körper keine neuen Kraftproben abringen konnte und daß ihn bei seinem neuen Herrn kein übles Leben erwarten würde. Zum Trost ließ Coredan seine beiden Diener bei ihm zurück.
»Wenn es schon sein muß«, sagte der Alte beim Abschied, »dann ist im Unglück Feiern das beste!«
Er beschwor Coredan, auch künftig nach dem göttlichen König zu forschen, jedes weitere Abenteuer aber zu meiden und umsichtig auf die verbliebenen Juwelen zu achten, denn wenn der Herr arm und der Diener reich geworden seien, taugten sie beide nichts mehr.

Allein auf sich gestellt, trat Coredan die Weiterreise an. Unruhe und brennende Sehnsucht nach dem Ziel trieben ihn rastlos durch die Einsamkeit der Wüsten und Steppen. Die Entbehrungen der Reise begannen jetzt auch seinen Körper zu schwächen, gruben tiefe Falten in seine jugendliche Haut, drückten ihm Wunden und Schwielen auf und tilgten die letzten Spuren seiner königlichen Erscheinung. Von den ehemals für den großen König bestimmten

Juwelen waren nur wenige übrig geblieben, die er sorgsam in einem Beutel hütete. Mit Mühe erfragte er den Weg. Je weiter er ritt, desto langsamer kam er voran, und oft erschien ihm das Ziel an das Ende der Welt entrückt. Kaum eine Begegnung, in der er nicht den Aufschrei der Not vernahm, einen Schrei, dem er sich nicht entziehen konnte. So half er, wo er konnte, las hier einen Überfallenen vom Wegrand auf, pflegte dort einen Kranken, speiste Hungrige, besserte einem Gebrechlichen sein Haus aus, rettete eine Närrin vor der Steinigung durch empörte Nachbarn, vertrieb Räuber mit dem Schwert. In den Nächten versuchte er aufzuholen, was er bei Tag nicht bewältigt hatte, ritt, was die Kräfte von Roß und Reiter hergaben, bis beide vor Erschöpfung in den Wüstensand sanken. Traurig suchten seine Augen dann unter den Hieroglyphen der Sterne nach dem einen, erloschenen, dessen Weg er einst zu entziffern geglaubt hatte. Allmählich vergaß er, daß er eigentlich ein König war, daß in der Ferne ein Reich sehnlichst auf seinen Fürsten wartete, und Eltern und Freunde an seiner Rückkehr verzweifelten. Kaum noch kam es ihm in den Sinn, daß schon Jahre seit seiner Abreise verstrichen waren. Sein Pferd, das ihn auf dem ganzen Weg geduldig und treu getragen hatte, war nach einem Sturz seinen Verletzungen erlegen. Die verbliebenen Mittel reichten nur noch zum Ankauf eines Esels, und so mußte sich Coredan fortan mit den Launen des bockbeinigen Tieres herumplagen, das ihm oft genug die Gefolgschaft aufzukündigen versuchte.

Eines Abends machte er in einer syrischen Herberge Rast. Gelähmt von bleierner Müdigkeit und tiefer Niedergeschlagenheit, gejagt von einer Meute stets lauernder Zweifel, hielt er sich nur mit Mühe am Tisch aufrecht. War alles umsonst gewesen? Überall hatte er auf seine Fragen nach dem göttlichen Kind nur verlegenes Achselzucken geerntet. Wo fand er seinen König? Wenn es ihn gab, warum wußte man an anderen Königshöfen nichts von ihm? Hatten die Prophezeiungen getrogen, der Stern ihn genarrt? War es nicht besser umzukehren, um nicht vor aller Welt als der Genasführte dazustehen?

Er war in eine lärmende Gesellschaft geraten: Landarbeiter, die das Ende der Ernte lautstark feierten, Musikanten, eine umjubelte Tänzerin. Der Wein floß in Strömen, und der Wirt kam nicht nach mit dem Auftragen. Sterbensmüde wollte sich Coredan in einem Winkel zum Schlafen niederlegen. Am Nebentisch wurde es mit einem Mal ruhiger. Coredan konnte Stimmen unterscheiden.

»Unerhört! So etwas sollte es wirklich gegeben haben?«
»Und ich sage dir: Leibhaftig stand er vor uns, wie ihr hier vor mir sitzt!«
»Hast du ihn angefaßt?«
»Dummkopf, einen Engel anfassen! Ich schwöre dir, er sah aus wie unsereiner, nur viel schöner. Und das Furchtbare: stockdunkle Nacht, und da stand der vor uns, in aller Deutlichkeit, wie am hellichten Tag, und doch – nirgends ein Licht! Diese entsetzliche Schönheit, das kann keiner ertragen! Wir fielen auf die Knie. Er sprach mit ganz leiser ruhiger Stimme: Ein Kind sei geboren, in der Stadt Davids, das aller Welt Heil bringen würde, oder so ähnlich, der Herr, ja, der Herr, so sagte er. Dann war der Teufel los, sag' ich euch: Der ganze Himmel schiebt sich auseinander, alles quillt über von Engeln, das rauscht und huscht, ein Singen, Sausen, Schwirren und Schrummen, ich wette meinen Rock, das waren die allerliebreichsten Gesichter, die da den Mund auftaten und Gott Jehova priesen . . . als säßen hundert Könige David da oben und stimmten einen Psalm an . . . Ein Wunder!«
»Natürlich, wir Hirten sind gleich hinübergelaufen über das Feld. Es war ja ganz einfach zu finden, der Stern war da und hing traulich wie eine Laterne über der Hütte . . . Wann hat es eine solche Nacht gegeben . . . einen Stern, drei Stadien über der Hütte?«
»Der Stern, sagst du, stand darüber?« rief Coredan.
Aber da hatten die Musikanten schon wieder Flöten und Leier angesetzt, und die Tänzerin drehte sich anmutig zu ihren Weisen; die Gäste am Nebentisch hatten sich erhoben, schlugen den Takt zur Musik und feuerten die Tänzerin zu immer wilderen Tänzen an; und niemand achtete auf den König. Der war in tiefen Schlaf gesunken.

Als er wieder zu sich kam, war es Nacht. Der Raum hatte sich geleert, und nur der Wirt lief noch herum und schleppte übel gelaunt Platten und Speisereste von den Tischen.
Mürrisch stieß er den Schläfer auf der Bank an: »Schafft euch aufs Lager, sonst landet ihr noch auf dem Misthaufen!«
Aber Coredan achtete nicht auf die rohen Worte.
»Der Hirte! War da nicht ein Hirte?« fragte er den Wirt. »Wo ist er geblieben?«
Seit der Erzählung des Hirten war alle Traurigkeit wie ein Panzer von ihm abgefallen. Sein Wegweiser, der erkaltet geglaubte Vulkan unerklärlicher Glückseligkeit, arbeitete wieder und erfüllte ihn mit Hoffnung und Tatkraft.
»Der Hirte!« schimpfte der Wirt. »Kommt mir nicht damit! Bauern, Hirten, Landstreicher, alles das gleiche Gesindel! Schaut euch diese Unordnung an! Fünf Töpfe haben sie zerschlagen, das Öl verschüttet, den Boden besudelt, dieses Pack, hört mir auf davon!«
Coredan sah, daß dem Mißmut des Wirtes keine Auskünfte zu entlocken waren. Die stickige Luft beengte ihm die Brust, der innerliche Vulkan brodelte und kochte und trieb ihn aus dem Haus, hinaus in die kühle Weite der Nacht, seinem Ziel zu, der Stadt Davids, denn, kein Zweifel, dort, nur dort, würde er seinen König finden. Die Zuversicht ließ ihn vergessen, daß die Reise immer beschwerlicher, das Tempo immer langsamer wurde, weil er unzählige Male absteigen und den widerspenstigen Esel durch gütiges Zureden oder Stockhiebe zum Weiterlaufen bewegen mußte. Aber er spürte nicht Durst noch Hunger, nicht die sengende Wüstenhitze noch die Wundschmerzen, die das klapprige Reittier seinem Rücken verursachte.

Er war wenige Tagereisen von der Grenze nach Palästina entfernt, als er zu einer Strafkolonie gelangte, in der Gefangene in einem Steinbruch arbeiteten. Hunderte dürrer, ausgezehrter Leiber mühten sich in der brütenden Mittagshitze mit Keilen und Hämmern, große Steinblöcke aus dem Fels zu hauen. Andere, Kranke oder mit verschärftem Arrest Bestrafte hockten mit ausdrucksleeren Gesichtern in vergitterten Ziegelbauten. Soldaten einer römischen Zenturie führten die Aufsicht, trieben die Häftlinge zur Arbeit an, prügelten Säumige, peitschten Rebellen und wiederaufgegriffene Flüchtige aus. Die Luft war erfüllt von Hammerschlägen, Befehlen und Flüchen, wütenden Schreien und Wehklagen.

Coredan näherte sich einem der Gefängnisse. In den dunklen, gitterbewehrten Fensterhöhlen tauchten die kahlgeschorenen Köpfe dreier Männer auf, die wegen wiederholten Diebstahls schon fünf Jahre Fronarbeit leisteten.
»Heda, Eselstreiber, Gaffer, pack' dich«, rief der eine und spuckte ihm einen Dattelkern ins Gesicht.
Coredan war wieder vergeblich damit beschäftigt, seinen Esel von der Stelle zu bewegen. Ein Stein aus einer Schleuder traf das Tier am Kopf; mit mächtigen Sprüngen suchte es das Weite.
»So macht man das, Anfänger!« lachte der zweite.
»Laß' das!« beschwichtigte ihn ein dritter, ein bärtiger Hüne, mit sanfter Stimme. Und zu Coredan gewandt, sagte er freundlich: »Wenn der Herr etwas zu essen hat für unsereinen, mag er getrost hier im Schatten rasten!«
Coredan reichte ihm wortlos Brot durch das Gitter. Gierig streckten sich auch die Arme der anderen durch die Stäbe.
»Es war nur ein Scherz!« jammerten sie, »Gefangenschaft verdirbt die Sitten.«
Coredan teilte das letzte Brot in zwei Hälften und gab es ihnen. So kamen sie ins Gespräch. Warum sie noch kein Gnadengesuch an den römischen Statthalter gerichtet hätten, wollte Coredan wissen.
»Daß ihm doch Jupiter den Schädel spalte mit seinen Blitzen!« zischte der erste.
»Eine verdammte Mausefalle ist das, aus der keiner lebendig herauskommt!« jammerte der zweite. »Noch ein paar Monate, und sie werden auch unsere Gebeine da draußen verscharren wie die von Tausenden vor uns.«
»Ihr müßt nicht so reden!« besänftigte sie der dritte schwärmerisch. »Ich weiß, daß wir eines Tages frei sein werden! Häßlich war, was wir taten, aber wir haben hundertfach dafür gebüßt. Wie dumm wir waren! Das bißchen Geld! Und

welche Kostbarkeiten haben wir dafür eingebüßt: unbehelligt seiner Wege ziehen, wohin man will, einkaufen auf dem Markt und ein Mahl bereiten, mit Freunden zechen, eine Frau umarmen, ein Kind kosen, Arbeit haben, die Freude und Achtung schafft, und was nicht noch alles mehr!«
»Im Käfig lernt der Vogel singen!« spottete der erste, und sein Kumpan bemerkte: »Ist er erst wieder draußen, dann pfeift er wieder das alte Lied!«
Die ganze Welt ist ein Gefängnis, dachte Coredan. Rohheit und Gemeinheit überall, Knechtschaft und Abhängigkeit durch Schläge und Drohungen, durch Lob und Schmeicheleien, Gold und Aussicht auf Besitz und Ehren. Und war nicht jeder angeschmiedet an die Ketten seiner Torheiten und Begierden, seiner Laster und eitlen Hoffnungen? Alles war Unfreiheit, Unvollkommenheit, Unzufriedenheit, noch die bescheidenste Heimstatt von Glück und Geborgenheit ein Leichenhaus mit herausgeputzter Fassade, hinter der Verfall, Krankheit und Verbrechen lauerten. Wohnten nicht auch hinter diesen nachtschwarzen Mienen gute und hohe Gedanken, die sich entfalten, aufsteigen wollten aus der Erdenschwere – und über ein Gestammel nicht hinauskamen? War dies ausweglose Verdammnis? Gab es keine Macht, die diese Gitter sprengen, diese Ketten lösen konnte als den Tod?
Je mehr er darüber nachsann, desto mehr ergrimmte er, verbündete er sich mit diesen Verbrechern, die er gar nicht kannte. Und obwohl er ihre Taten verabscheute, beschloß er, sie freizukaufen. Er nahm den letzten Stein, der ihm geblieben war, einen ungewöhnlich großen und schönen Diamanten, aus dem Beutel und ging damit zum Zenturio. Der Offizier runzelte die Stirne, als er von seinem Vorhaben erfuhr.
»Was wollt ihr mit diesen Leuten?« fragte er verwundert.
»Es sind Verbrecher, und – mein Wort darauf – wenn ich sie laufen lasse, richten sie neues und schwereres Übel an!«
»Vielleicht habt ihr Recht, vielleicht auch nicht. Wer kennt schon die Seelen der Menschen?«
»Ich sehe schon, ihr seid ein Weltverbesserer! Wenn ihr unbedingt wollt, soll's mir recht sein. Ich werde ein reicher Mann und bin drei Esser los!«
Coredan händigte ihm den kostbaren Stein aus, und das Geschäft wurde abgeschlossen. Er bat den Offizier noch, den Häftlingen nicht zu sagen, wem sie ihre Freiheit verdankten. Dann bestieg er seinen Esel und ritt weiter.
Er wollte ein gutes Stück vorankommen, und da der Mond schien, nahm er sich vor, die Nacht hindurch zu reiten. Er war zufrieden mit sich und malte sich die Überraschung der drei Gefangenen aus, ihre überschwengliche Freude bei der Abnahme der Ketten und bei der Ankunft zuhause. Gegen Mitternacht fielen ihm die Augen zu, er drohte mehrmals aus dem Sattel zu fallen. In einem Palmenhain stieg er endlich ab, um sich zur Ruhe zu legen. Da wuchsen plötzlich Schatten aus dem Boden. Zerlumpte Gestalten fielen über ihn her, rangen ihn nieder, schlugen mit Fäusten auf ihn ein und entwanden ihm den einzigen Schmuck, den er noch besaß: einen Ring seines Vaters und sein königliches Schwert. Mit Entsetzen erkannte er, daß er von den Männern überfallen worden war, die er freigekauft hatte. Er wollte reden, aber der Schmerz lähmte ihm die Zunge, Blut floß aus seinem Mund, und er verlor das Bewußtsein. Der Bärtige beugte sich über sein Gesicht; erschrocken erkannte auch er im Mondschein sein Opfer wieder.
»Bei den Göttern, was haben wir angerichtet!« rief er: »Das ist doch der Eselstreiber, der uns das Brot geschenkt hat! War er nicht gut zu uns?«
Er wollte ihm Ring und Schwert wieder anlegen, aber seine Kumpane hielten ihn zurück: »Nichts da, Narr, sieh dir doch nur das Schwert an! Nur Fürsten besitzen solche Arbeiten. Der hat mehr Geld, als wir jemals alle zusammen haben werden!«
Sie stritten eine Weile, dann packten sie den Schmuck, ließen den Besinnungslosen liegen und zogen davon.

Coredan erwachte in einem von vier Pferden gezogenen Reisewagen. Philodemus, ein reicher syrischer Fabrikant, war in Geschäften unterwegs gewesen und kehrte nach Sidon in sein Haus zurück. Er sah den Verletzten am Weg liegen und ließ ihn von seinen Sklaven in den Wagen heben.

Auf der Fahrt erholte sich Coredan etwas. Als er Philodemus von dem Überfall, von seiner Reise und von seinen Abenteuern erzählte und dabei den Namen Gordyene erwähnte, erwachte die Anteilnahme des Fabrikanten. Ein Edelmann dieses ungewöhnlichen Landes, so wußte er zu berichten, habe vor Jahren seinen Bruder, der auf einem römischen Feldzug mit einer Verwundung in Kriegsgefangenschaft geraten war, das Leben gerettet und ihn monatelang bei sich versteckt. »Ihr sollt nicht glauben, daß wir Syrer undankbare Leute sind! Kommt zu mir, seid mein Gast, laßt euch pflegen und verwöhnen, es soll euch nichts abgehen!«
Coredan, der eine große Müdigkeit verspürte und nur den einen Wunsch hatte, auszuruhen, im Schatten zu liegen, nicht mehr reiten zu müssen, nahm die Einladung dankbar an.
»Ich bin der König dieses Landes!« sagte er mit matter Stimme, »und werde euch eines Tages eure Hilfe reichlich entgelten!«
Philodemus hielt dies für einen schlechten Scherz: »Welch miserable Zeit«, rief er spöttisch, »in der die Könige ausgeraubt auf der Straße liegen! Wie dem auch sei, ihr seid mir von Herzen willkommen!«
Im Hause seines Gönners erwartete Coredan ein üppiges und schwelgerisches Leben. Die Villa war am Meer gelegen, und allein der ungewohnte Anblick der unendlichen Wasserfläche erfüllte ihn mit Ruhe und Zuversicht. Diener waren um ihn bemüht, wuschen und verbanden seine Wunden, nötigten ihm Speisen und berauschende Getränke auf, lasen ihm jeden Wunsch von den Augen ab. Philodemus galt als einer der reichsten Fabrikanten des Landes; der Luxus seiner Haushaltung und die Ausgelassenheit seiner Feste waren Stadtgespräch in Sidon.

Als Coredan genesen war, gab der Hausherr ihm zu Ehren ein großes Gastmahl. Alles, was Rang und Namen hatte in der Stadt, war geladen. Philodemus sparte weder mit Geld noch mit Einfällen. Als sich die Gäste gelagert hatten, erschienen indisch gekleidete Sklaven, verteilten Gebäck und syrische Datteln, trugen unter tänzerischen und akrobatischen Vorführungen auf großen Silberplatten Pfauenbraten und andere Leckerbissen auf. Bunte Glasröhren ragten aus der Wand, aus denen der Wein in die Trinkschalen floß. Auf einen Wink des Hausherrn senkten sich unter den Bravorufen der Gäste kleine, gebackene Vögel an Schnüren von der Decke auf ihre Münder zu. Die Kunst einer dunkelhaarigen, mandeläugigen Flötenspielerin löste Beifallsstürme aus. Melanthe war eine Freigelassene und stadtbekannte Buhlerin, die immer auf die Freizügigkeit des Philodemus hoffen konnte, wenn er sie zum Ergötzen und zur Verfügung seiner Gäste in sein Haus bat. Coredan, hingerissen von den verführerischen Klängen ihres Spiels und der geschmeidigen Eleganz ihres Körpers, wandte den ganzen Abend kein Auge von ihr. Dem Gastgeber blieb das nicht verborgen.
»Schaut euch unseren armen König an!« rief er unter allgemeinem Gelächter. »Kaum sind seine Wunden verheilt, da versetzt ihm Amor mit seinen Pfeilen schon neue!«

Aber auch Melanthe hatte den Fremden bemerkt und fühlte sich von seiner männlichen Erscheinung, dem kühnen Blick und dem selbstsicheren Auftreten in Bann geschlagen. Leidenschaftlicher erklang ihr Spiel, ergriff den ganzen Körper und versetzte ihn im Rhythmus der Musik in ekstatische Bewegungen. Jetzt strömten Musikanten herein; Zimbeln, Lauten und Harfen mischten sich lautstark in das Flötenspiel und brachten die Erregung der Gäste zum Sieden. Sie sprangen von den Bänken auf, bekränzten und umarmten einander, wirbelten in Bocksprüngen und kunstfertigen Tanzschritten durch den Saal und zogen unter lärmendem Gesang durch den Garten, wobei sie den Dionysos anriefen und ihm Trankopfer darbrachten. Berauscht ließ sich Coredan von der Woge der Begeisterung treiben; wild kreiste das Blut in seinen Adern, und kaum bemerkte er, daß sich Melanthe an seine Brust geschmiegt hatte und ihm einen Becher an die Lippen hielt.
Später in der Nacht teilte sie sein Lager. Zitternd im Anblick ihrer elfenbeinernen Schönheit glitten seine Hände über ihren Leib, über Arme, Schultern, Brüste, Schenkel, wie über die Perlen einer Kette. Neugierig durchwanderte er

diese Landschaft, die ihn zu unbekannten Spielen lockte, bis er endlich erschöpft und abgekämpft an ihrer Seite Ruhe fand, so wie er nach den Streifzügen seiner Kindheit auf den grünen Wiesen seiner heimatlichen Berge Ruhe gefunden hatte.

Er hörte sie kichern, und als er sich verwunderte, sagte Melanthe: »Sie sagen, du seist nicht ganz richtig im Kopf! Ob es stimme, daß er behaupte, er sei . . . nun ja, ein König!« Was daran so lustig und verrückt sei?

»Du – ein König?« gluckste sie.

Er kannte diesen Blick schon, der an seinem Äußeren Maß nahm. Wie sollte er ihr auch beweisen, daß er ein König war? Seine Diener hatte er zurückgelassen, die Edelsteine und das Pallium verschenkt, die Kleider bis zur Unkenntlichkeit abgetragen, Ring und Schwert waren geraubt, und Gordyene war weit. So erzählte er ihr seine Geschichte.

»Wenn das wahr ist«, sagte sie betroffen, »warum hast du das alles getan: Land und Untertanen verlassen, Reichtum und Sorglosigkeit eingetauscht gegen dieses Elend, und alles nur, um einem König nachzulaufen, den es gar nicht gibt, und von dem niemand gehört hat?«

»Vielleicht hast du recht, und ich bin der größte Narr, der je auf der Erde herumgelaufen ist!« sagte er schwach und müde und überließ sich willig ihren Küssen und Umarmungen.

Langsam fing er an, Gefallen an diesem heiteren und verspielten Leben zu finden. Sein Widerstand gegen das süße Wohlbehagen, welches der Müßiggang erzeugt, schmolz wie der Schnee an der Sonne. Wie im Fluge vergingen die Tage in Melanthes Gesellschaft mit Liebkosungen und geistreichen Plaudereien, und über den vielen Vergnügungen, mit denen ihn Philodemus ständig überraschte, über Musik- und Tanzdarbietungen, Wettkämpfen und Gelagen vergaß er allmählich den Zweck seiner Reise. Auch Philodemus mochte ungern auf den angenehmen Gast verzichten, der so vernünftig zu raten und in so vielen nützlichen Dingen Bescheid wußte. So verschob Coredan seine Abreise von Woche zu Woche, von Monat zu Monat, und schließlich war nicht mehr die Rede davon.

Da erschien ihm eines Nachts im Traum wieder der Stern. Wie vor Beginn seiner Reise beschien er tausendfältiges Elend, aber sein Licht erstrahlte heller, das Stöhnen der Leidenden war zu einem mächtigen Aufschrei angeschwollen, und auf den Gesichtern derer, die ihre Arme nach dem Stern ausstreckten, erkannte er die Züge vieler wieder, denen er in den letzten Jahren begegnet und zu Hilfe geeilt war. Wieder erfüllte ihn unsagbare Freude, und er spürte, daß sie alles Glück, das er in Sidon genoß, um ein Vielfaches überstieg. In Schweiß gebadet erwachte er.

Der König, durchfuhr es ihn: Er ruft dich wieder! Schmerz und Reue regten sich und die alte Unrast: Vergib mir, flehte er, daß ich in diesem Wohlstand untergetaucht bin wie in einem Bad, daß ich alles vergessen habe, den Stern, die Prophezeiungen, die Familie in den Bergen, den Hirten! Wie soll die Masse der Menschen stark sein, dachte er erschrokken, wenn schon die Könige schwach sind!

Melanthe lag neben ihm in tiefem Schlaf. Er strich ihr ein letztes Mal über das lange schwarze Haar. Dann stand er leise auf, packte die wenigen Habseligkeiten, die ihm verblieben waren, und verließ das Haus. In den Stallungen fand er zu seiner Freude seinen Esel wieder, den Diener eingefangen hatten. Unbemerkt von den Wächtern ritt er aus dem Hof und setzte seine Reise nach dem Süden fort.

Tage und Wochen ritt er am Strand entlang durch die Wüste. Nach den Schwelgereien der letzten Monate quälten ihn die Strapazen der Straße ärger denn je; aber am meisten peinigte ihn das unheimliche Schweigen der Menschen auf seine Frage nach dem großen König. Umsonst, umsonst, brüllte die Brandung einförmig, und sie klang wie ein unwiderrufliches Urteil. Die heiße Wüstenluft zauberte Trugbilder vor seine Augen, die ihm höhnisch zuzurufen schienen: So wie wir narrt dich die ganze Welt!

Müde und abgerissen gelangte er in eine kleine Hafenstadt. Hier pulsierte das Leben wieder, Kauflustige drängten sich in den Straßen, aus den Bäuchen der Schiffe quollen Waren aus aller Herren Länder und füllten Strände und Tische auf dem Markt zum Bersten. Von Hunger zermartert, mittellos

setzte sich Coredan auf der Straße nieder und bettelte um Brot oder etwas Geld. Aber das Volk strömte achtlos an ihm vorbei, und statt der erhofften Gaben erntete er nur Flüche und Fußtritte.
In dem Haus, vor dem er saß, erhoben sich zeternde Stimmen. Magistratsbeamte schleiften einen Mann in Ketten auf die Straße. Es war ein Schauspieler, der sich bei einem reichen Kaufmann hoch verschuldet hatte. Da er die Schulden nicht zurückzahlen konnte, war er vom Richter dem Kaufmann als Sklave zugesprochen worden und sollte jetzt zur Fronarbeit abgeführt werden.
Verzweifelt zerrte er an den Ketten, riß sich die Perücke vom Kopf, setzte sich in Pose und schrie den Kaufmann an: »O tempora, o mores! Welch eine Zeit! Was habe ich verbrochen? Nimias delicias feci, wie der Dichter sagt. Einmal stach mich der Hafer – und ewig soll ich euer Sklave sein? Summum ius summa iniuria! Wollt ihr eine ganze Familie unglücklich machen? Cui bono? Seht her, Leute, wie die höchste Kunst in den Staub gezogen wird! Aber Apollo wird mich rächen!«
Er weinte, und die Tränen gruben tiefe Rinnen in die dicke, weiße Schminke: »Naturalia non sunt turpia! Wie glücklich bin ich gewesen! Aber nemo beatus ante mortem, sagt schon Salon.«
Auch die junge Frau des Unglücklichen flehte den Kaufmann an: »Hört nicht auf seine Worte! Er redet wie ein Kind. Er ist krank, und seine Hände taugen nicht zur Arbeit. Wenn ihr ihn fortführt, wird er sterben, und auch ich und die Kinder werden verhungern. Habt Erbarmen, guter Herr!«
Aber der Herr war kein guter Herr und wandte sich ungerührt von ihrem Jammer ab.
Jetzt streckten auch die Nachbarn die Köpfe aus den Fenstern und riefen: »Recht geschieht ihnen, dem Possenreißer und seiner Schlampe! In den Tag leben sie hinein, verprassen das Geld und dünken sich noch, etwas Besonderes zu sein! Schafft ihn nur fort!«
Die Beamten packten den Mann und zerrten ihn mit sich. Coredan folgte ihnen zum Hafen, wo die Sklaven des Kaufmanns bei einem Lastkran arbeiteten.
Drei Männer mühten sich, eine riesige Tretmühle in Bewegung zu setzen. Durch die Drehung des Rades wurden die Seile eines Flaschenzuges auf dem Gewinde der Achse aufgewickelt. Schwere Lasten, Steinblöcke, Fässer und Baumstämme konnten so durch den Kran gehoben und auf Schiffe verfrachtet werden.
»Werft ihn in das Rad!« rief der Kaufmann herrisch: »Da kann er deklamieren, und es wird ihm nicht an Zuschauern fehlen!«
Der Aufseher tat wie geheißen, und der Schauspieler fing sogleich an zu schreien und zu strampeln. Nach wenigen knarrenden Umdrehungen des Rades stürzte er und kugelte polternd und wehklagend über die Bretter, die sich unter ihm fortdrehten.

Der König konnte das grausame Schauspiel nicht länger mit ansehen. Sanft hob er die junge Frau, die sich dem Kaufmann zu Füßen geworfen hatte, wieder auf. Es war offenkundig, daß die schwere Arbeit dem schwächlichen Mann bald zum Verhängnis werden würde. Mochte es zehnmal wahr sein, was die Leute sagten, daß er ein unwürdiger, liederlicher Komödiant, ein lächerlicher Geck war, sein Schicksal bewegte ihn tief und erfüllte ihn mit Mitleid. Aber wie konnte er, nun selbst ein Bettler, diesem Menschen helfen? Da hatte er einen Einfall, der ihm selbst ungeheuerlich erschien. Aber das Elend der Familie griff ihm so sehr ans Herz, daß er ihn aussprach.
So schlug er dem Kaufmann vor, er solle ihn anstelle des Mimen annehmen: »Seht nur, Herr«, pries er sich an, »diese Arme, diese Schultern! Sicher kann ich euch mehr von Nutzen sein als dieser Kranke.«
Der Kaufmann starrte ihn verständnislos an. Noch nie war ihm jemand begegnet, auch nicht der armseligste Bettler, der sich freiwillig als Sklave angeboten hätte.
»Was bist du für ein Mensch?« fragte er verwirrt. »Überleg' dir das gut! Stark magst du ja sein, aber so viele Jahre, wie mir der da Arbeit schuldet, hast du nicht mehr zu erwarten!«
»Das laßt nur meine Sache sein!« sagte Coredan gleichmütig und dachte: Kommt Zeit, kommt Rat; auch diese Plage wird einmal ein Ende haben!

Der Kaufmann erklärte sich schließlich, kopfschüttelnd über die Narrheit dieses Menschen, mit dem ungewöhnlichen Anerbieten einverstanden, der befreite Schauspieler bedankte sich mit theatralischer Überschwenglichkeit bei seinem Wohltäter, und Coredan ließ sich statt seiner die Ketten anlegen.

Nun war er selbst Teil des unübersehbaren Heeres aller Verelendeten, Gepeinigten und Geschändeten dieser Erde geworden. Unsägliche Mühsal sollte er fortan mit seinen Mitgefangenen teilen; ein Leben der Erniedrigungen und Versagungen, der Quälereien und Erschöpfungen. Mit Händen und Füßen in die Bretter des Tretrades eingekrallt, mußte er sich unter Aufbietung aller Kräfte nach vorn stemmen, das Rad zu Boden zwingen, im Weitertreten den gebückten Körper wieder aufrichten und ihn erneut in das Holz werfen, bis die Kräfte versagten und das Rad stillstand und die Aufseher die geschundenen Leiber mit Schlägen und Stößen zu neuen Anstrengungen antrieben. Der ächzende Gang des Holzes, das rhythmische Stampfen der Füße, das Klirren der Ketten, die ihn wie Mühlsteine zu Boden zogen, bildeten von nun an die einförmige Begleitmusik seines Lebens.
Anfangs schien es, als würde die Schwere der Arbeit auch ihn niederwerfen. Aber seine Kräfte hielten stand, und mit der Zeit ertrug er das Unerträgliche. Er lernte es, die kleinen Freuden auch dieses schweren Daseins zu genießen: die erholsamen Augenblicke, in denen das Rad nach Anheben der Last zum Stehen kam und der Blick durch die Speichen hindurch über den Hafen und das bunte Gewimmel der Menschen hinweg zum Meer hinaus schweifen konnte; die kurzen Verschnaufpausen, in denen er schweißüberströmt und entkräftet auf Steinblöcken in der Sonne döste; die traumlos durchschlafenen Nächte auf dem engen Strohlager einer verfallenen Lehmhütte. Manchmal, wenn er zur Rast aus dem Rad geführt wurde, erblickte er unter den Neugierigen, die den Kran in einiger Entfernung umstanden, auch die Frau des Schauspielers. Angst vor der Rohheit der Aufseher hinderte sie, näher zu treten, aber ihre sanften Blicke und ihr zartes, dankbares Winken taten ihm wohl. Auch bemerkte er, daß sie hin und wieder ihre Scheu überwand und den Wächtern Geld zusteckte, damit sie ihn gut behandelten.
Am meisten aber freuten ihn die Besuche ihres Sohnes Eurytimos. Der war ein lebendiges, kleines Bürschchen, das sich wenig um den Zorn der Aufseher scherte, barfüßig unter den Absperrungen des Hafengeländes hindurchschlüpfte und ganz nahe an die Tretmühle heran kam. Die beiden wurden bald Freunde. Eurytimos unterhielt den König mit Neuigkeiten aus der Stadt und Familie, schmuggelte Früchte und andere Speisen in das Rad und ergötzte ihn mit allen möglichen Späßen.
»Hab' keine Angst, Coredan«, sagte er oft, »eines Tages werde ich ein reicher Mann sein, und dann werde ich dich freikaufen!«
Umgekehrt erzählte ihm Coredan von seiner Heimat, der Reise und dem großen König, den er noch immer zu finden hoffte.

Tagaus, tagein lief das Rad unter den Füßen des Königs. Jeder Schritt war ein Körnchen, das in der Sanduhr seines Lebens zu Boden fiel. Fünf, zehn, zwanzig Jahre waren vergangen – oder waren es mehr? Er hatte aufgehört, sie zu zählen. Längst war der Schauspieler seiner Krankheit erlegen, und auch manchen Sklaven, die mit ihm arbeiteten, hatte die Erschöpfung dahingerafft. Erdbeben und Fluten kamen, Häuser stürzten ein und neue erstanden an ihrer Stelle. Fremde Heere eroberten die Stadt, aber der Hafen blieb unversehrt. Die Schiffe mußten weiter ihre Ladung löschen, und niemand konnte auf die Arbeit der Sklaven verzichten. Selten noch erschien die Witwe, und eines Tages blieb sie ganz aus.
Nur Eurytimos blieb ihm treu. Er brachte ihm seine Holzpuppe und jagte seine Bälle ausgelassen in die Lüfte. Er kam auch später, als er selbst Lasten auf die Schiffe trug, er besuchte ihn noch, als er schon, in feine Gewänder gekleidet, einem Kaufmann zur Hand ging und selbst ein kleines Geschäft begründete. Er stellte ihm seine junge Frau vor, sie

saßen zu dritt auf den Steinblöcken, plauderten, scherzten und träumten von der Zukunft, und oft vergaß Coredan sein Elend darüber.

Eines Tages traf Eurytimos ihn bekümmert an: »Du bist traurig? Ist es wegen des Königs?«

Coredan nickte.

»Höre«, sagte Eurytimos, »ich gehe auf eine längere Reise zu Schiff. Da hört man viel. Wenn es deinen König wirklich gibt, werde ich ihn finden.«

Coredan lächelte müde, denn so hatte auch er vor vielen Jahren gesprochen. Betrübt verabschiedete er sich; er liebte Eurytimos wie seinen Sohn und hatte Angst, es könne ihm auf See etwas zustoßen.

Am Nachlassen seiner Kräfte spürte Coredan, daß er alt geworden war. Die Arbeit hatte ihm den Rücken gebeugt. Schwer und keuchend ging der Atem. Unter der welken, faltigen Haut traten die Knochen zutage, die Haare verfärbten sich und fielen aus wie das Laub im Herbst. Schlimmer noch als das Alter quälte ihn die Ausweglosigkeit seiner Lage. Er klammerte sich an die Worte des Eurytimos, aber Jahr um Jahr ging ins Land, und Eurytimos blieb aus. Mit der Aussicht auf seine Rückkehr schwand auch die Hoffnung auf Nachricht vom großen König. Er wartete auf Zeichen, aber der Himmel blieb leer. Er sah sein Leben unter seinen Füßen zerrinnen, und der Gedanke lähmte ihn, daß er seine Eltern und sein Reich im Stich gelassen, die Schätze des Landes veruntreut hatte. Wie ein Spieler hatte er auf den Stern gesetzt und den ganzen Einsatz verloren. Aber in den schwärzesten Stunden der Verzweiflung stand ihm auch wieder die Erinnerung an die Verheißung seiner Träume wie der tröstende Zuspruch einer Mutter zur Seite.

Wider Erwarten kam der Tag, an dem Eurytimos zurückkehrte.

An einem Frühlingsmorgen im dreißigsten Jahr seines Sklavendaseins sah Coredan von seinem Rad aus ein großes Schiff, das den Namen »Eurytimos« trug, anlegen. Als die Treppe ausgefahren war, erkannte er die jugendliche Gestalt des Freundes. Reich gekleidet, den Kopf stolz in den Nacken geworfen, eilte er von Bord. Eine Schar von Dienern hatte Mühe, ihm zu folgen. Auf seinem Weg mußte er die Tretmühle passieren. Aber so sehr sich Coredan auch die Stimme heiser schrie, der Freund, ungeduldig, sein Haus zu betreten und seine Frau zu umarmen, hörte ihn nicht. Fassungslos starrte ihm Coredan nach. Den ganzen Tag über lud der Kran riesige Stoffballen aus dem Schiff.

»Das gehört alles dem Eurytimos!« höhnte der Aufseher: »Der ist jetzt ein reicher Mann und kennt dich nicht mehr!«

Das ist das Ende, dachte Coredan, jetzt hat sich auch der letzte von mir losgesagt! Und was kein Schmerz und keine Erniedrigung je vermocht hatten, bewirkte die Enttäuschung über einen Menschen: Verzweifelt warf er sich zu Boden und schlug die Hände vor das Gesicht, um seine Tränen zu verbergen.

In dieser Nacht erblickte er träumend wieder den Stern. Die Menschen, die früher zu ihm aufgeblickt hatten, waren verschwunden. Sein Licht war jetzt so hell, daß es den ganzen Himmel erfüllte und selbst den Träumer noch blendete. Wie Feuer drang es in seine Adern, und als er auf dem Strohlager erwachte, waren Trauer und Verzweiflung wieder verflogen. Der mächtige Auftrieb der Hoffnung verlieh ihm neue Kräfte.

Willig ließ er sich am anderen Morgen wieder in das Rad führen. Gegen Mittag hörte er lautes Reden. Draußen stand Eurytimos und fiel ihm um den Hals.

»Du kennst mich also doch noch?« fragte Coredan ungläubig.

»Seltsamer Mann!« lachte Eurytimos: »Alles hast du für meinen Vater und uns geopfert, Gesundheit, Jugend, Heimat, Freiheit, – und ich sollte das vergessen? Haben wir nicht immer davon geträumt, daß ich eines Tages reich sein und dich freikaufen würde? Freue dich, dieser Tag ist nun gekommen! Dank sei den Göttern, daß sie es so gefügt haben!«

Und Eurytimos nahm ihm die Ketten ab. Coredan fiel auf die Knie und küßte ergriffen die Erde. Nur mit Mühe fand er die Fassung wieder. Der Freund erzählte ihm von seinen abenteuerlichen Fahrten, von den günstigen Geschäften, die

ihm den jetzigen Reichtum beschert hatten. Er erwähnte jedoch nicht, daß er zwar überall nach einem ungewöhnlichen Fürsten Ausschau gehalten hatte, aber stets nur sehr gewöhnlichen begegnet war. Inständig bat er den Alten, in sein Haus zu ziehen und für immer bei ihm zu bleiben. Aber den hatte die Unrast seines Traumes erfaßt.
»Laß' gut sein«, sagte er, »du hast schon zuviel für mich getan. Meine Reise ist noch nicht zu Ende, ich muß mich beeilen, denn ich habe nicht mehr viel Zeit.«
Er erbat sich eine Wegzehrung und etwas Geld, umarmte Eurytimos zum Abschied und machte sich humpelnd auf den Weg. Jeder Schritt kostete ihn Überwindung. Die Beine waren geschwollen, die Füße mit Blasen und Geschwüren übersät. Und wie dem Seemann nach der Heimkehr der Boden unter den Füßen das Auf und Ab der Wellen vorgaukelt, so erfaßte ihn, der jahrelang das Rad getreten hatte, ein hartnäckiger Schwindel, und Himmel und Erde torkelten im Kreis vor ihm her.

Nach mühevollen Fußmärschen erreichte er die Grenze. Er erstieg eine Anhöhe und ließ sich im Schatten einer großen Zeder nieder. Soweit die Augen reichten, dehnte sich fruchtbares Land im frischen Grün des Frühlings. Die abendliche Stille löste die Anspannung der letzten Tage. Endlich war er in Palästina. Die Erinnerung an die Worte des Hirten und des geheimnivollen Flüchtlings im Gebirge ließen sein Herz höher schlagen. Fand er hier nach so vielen Jahren endlich eine Spur? Wieder bedachte er seinen Traum und hörte den Stern sagen: Nur wer alles Elend dieser Welt gesehen hat, wird König sein. Wie Schuppen fiel es ihm von den Augen: Wer kann herrschen, ohne zu dienen, wer den Niedrigsten und Ärmsten seiner Untertanen helfen, ohne ihre Mühsal zu teilen und auf sich zu nehmen? Wie kann die Höhe die Tiefe verstehen, ohne sie zu durchmessen? Und er begriff: Dieser König war nicht in einem Palast zu finden, sondern, wie er selbst, unterwegs bei den Armen und Notleidenden, in Steinbrüchen, Gefängnissen oder in einer Tretmühle. Und galt nicht auch ihm selbst der Spruch des Traumes: Hatte er nicht erst jetzt, da er alles Elend der Welt kannte, den Königstitel zu Recht erworben, den man ihm einst vorschnell verliehen hatte?

Er wäre gerne länger an diesem friedlichen Ort geblieben, wo ihn Bienen umsummten, Vogelrufe umkosten und die Düfte würziger Harze umströmten. Aber die Zeit drängte, und der Gedanke quälte ihn, der König könne irgendwo auf ihn warten. So brach er wieder auf und mühte sich weiter, hinkend, keuchend, stolpernd, am Stock und oft auch auf allen Vieren. Mildtätige Menschen stützten ihn, wenn er erschöpft niedersank, Hirten gaben ihm zu essen, Eselstreiber ließen ihn aufsitzen. Mit zittrigen Händen schnitzte er Rohrflöten für eine Mahlzeit oder für eine Handvoll Früchte. Überall hielt er mit Augen und Ohren Ausschau nach einem Mann, auf den die Prophezeiungen zutreffen konnten. Aber die Leute verstanden seine Sprache nur schlecht und lachten ihn aus, wenn er nach einem König fragte.
Er kam auch in die Stadt Davids, von welcher der Hirte so wundersames zu berichten gewußt hatte. Sein abstoßendes Äußeres, die zerfetzten Kleider, die Stofflappen, die er um die schwärigen Beine geschlagen hatte, erregten jedoch Argwohn, und die Menschen verschlossen die Türen vor ihm und hetzten die Hunde auf ihn. Entmutigt schleppte er sich weiter, über steinige Hügel und staubige Landstraßen, jeder Schritt eine Qual, jeder Tag eine Ewigkeit.
Da belebte sich die Gegend mit einem Male. Von allen Seiten strömten Menschen zusammen. Bald sah er sich von Hammel- und Lämmerherden, Karawanen und Scharen festlich gekleideter Pilger umringt. Das ganze Land schien auf den Beinen zu sein, alt und jung, arm und reich, Bauern, Zöllner, Händler und Soldaten. Alle zogen in die gleiche Richtung und hatten das gleiche Ziel: die Stadt Jerusalem, wo das Osterfest bevorstand.
Was soll ich in einer großen Stadt, dachte der König, wo die Fürsten tafeln und sich an Ringkämpfen ergötzen? So trachtete er, an der Stadt vorbeizugelangen, aber immer neue Pilgerzüge kamen ihm in die Quere und drängten ihn vom Weg

ab, auf die Dächer und Kuppeln von Jerusalem zu, die in der Ferne rasch aus dem morgendlichen Dunst tauchten.
»Werden wir ihn sehen?« hörte er neben sich einen Jungen seinen Vater fragen.
»Ja, das ist gut möglich«, entgegnete der Mann: »Ich habe gehört, daß er sich im Tempel aufhält und zum Volk redet.«
»Dann werden wir auch seine Wunder sehen!« frohlockte das Kind: »Ist es wahr, daß er Blinde und Taube heilt, Brote vermehrt, daß er auf dem Wasser wandeln und in der Luft fliegen kann?«
»Schon gut«, beschwichtigte ihn der Vater, »du mußt nicht alles glauben, was die Leute sagen! Aber ich kennen einen, der ist dabei gewesen und hat gesehen, wie er einen Gelähmten nur angeblickt hat, und er konnte wieder laufen! Nur angeschaut hat er ihn, denk dir nur!«
Coredan horchte auf und fragte aufgeregt seinen Nachbarn: »Von wem redet ihr da?«
Die Leute lachten, und der Mann sah ihn erstaunt an. »Da läufst du alle Straßen im Land ab, Alter, und hast noch nie etwas von Jesus von Nazareth und seinen Jüngern gehört?«
Nachsichtig erzählte er ihm von seinen Reden und Taten, von den Wunderheilungen und Totenerweckungen.
»Ist er denn ein König?« fragte Coredan.
»Das wohl nicht. Er ist ein Sohn armer Leute. Mit den Mächtigen hat er es nicht. Er hält sich lieber an Kleine, Arme, Kranke, Hilflose. Und sogar mit den Sündern redet er, mit Ehebrechern, Zöllnern und Mädchen, du weißt schon! Das hat es noch nie gegeben!«
»Aber seine Jünger sind Fürsten und Edelleute?«
»Wo denkst du hin, einfache Leute wie ich und du, Fischer zumeist.«

Fischer, dachte Coredan, Fischer, schoß es ihm durch den Kopf, und die Rede des parthischen Fürsten fiel ihm wieder ein. Der König! Wenn er es wäre! Er wollte Gewißheit haben und kämpfte sich durch den Strom der Ankömmlinge auf das Stadttor zu. Noch immer ergoß sich der Pilgerstrom aus allen Richtungen in die Stadt, und das Gedränge um Coredan wuchs mit jedem Schritt. Die Menge ergriff ihn wie eine Welle, trug ihn vor sich her, durch das Tor hindurch, die engen Gassen und Stufen zur Höhe der Stadt hinauf. Vor einem Hauseingang, vor dem sich zwei Schriftgelehrte unterhielten, blieb er erschöpft stehen. Wieder fiel der Name »Jesus von Nazareth«.
»Hast du das gehört?« sagte der eine: »Ins Gesicht hinein hat er es dem Hohenpriester gesagt, daß er der Sohn Gottes sei!«
»Nicht genug damit«, ereiferte sich der andere, »der Statthalter fragt ihn: Bist du der König der Juden? Und was glaubst du? Ja, sagt er, ich bin es! Unglaublich, ein Mensch, der solche gotteslästerlichen Reden führt, soll ein König sein? Er hat sich selbst sein Urteil gesprochen!«

Coredan stand wie vom Donner gerührt bei diesen Worten. Wer anders konnte sein König sein als der, der von sich sagte, er sei der Sohn Gottes und König der Juden, der Wundertäter, dem das Volk zulief, der Lehrer, der das Ohr der Sünder erreichte, der Fischer zu Jüngern hatte, der Freund der Armen und Gebrechlichen, der von den Mächtigen angefeindet wurde? Es gab keinen Zweifel mehr: Endlich war er am Ziel, und die Weissagungen hatten sich erfüllt, die Bücher nicht getrogen, der Stern hatte ihn richtig geführt! Sein Herz schlug zum Zerspringen. Er fühlte, daß er der Freude nicht gewachsen war, und je mehr seine Kräfte dahinschwanden, desto mehr wuchs seine Angst, zu spät zu kommen, desto mehr beseelte ihn der einzige Wunsch, dem König Auge in Auge gegenüberzustehen.
Er hastete blindlings durch die Stadt, irrte durch Gassen und Tore, fragte sich zum Tempel durch. Aber der war leer, und Coredan bemerkte, daß sich mit einem Mal auch die Straßen und Plätze geleert hatten. Eine bittere Ahnung stieg in ihm auf, als er sich der Worte der Schriftgelehrten entsann. War es vorstellbar, daß auch er, der der Welt das Heil brachte, in ihre Garne gegangen, in ihren Fallstricken gestürzt und erfaßt worden war von dem Verhängnis, das Menschen Menschen bereiten? Der bloße Gedanke schnürte ihm die Kehle zu.

Von ferne bewegte sich eine erregte Menge auf ihn zu. Er hörte ihre heiseren Rufe und das drohende Murren, das ihr vorauseilte und zu einem Sturm von Schmähungen und Wehklagen anschwoll. Weggefegt war die Stimmung festlicher Erwartung, die über der Stadt gelegen hatte. Rasch näherte sich der Menschenstrom, die vordersten Reihen wichen zur Seite, bildeten eine Gasse, in der die Panzer römischer Kriegsknechte erglänzten, und in der Tiefe der Menge, eingezwängt in ihren erbarmungslosen Würgegriff, aber selbst im Haß noch durch eine Mauer scheuer Ehrfurcht von ihrer getrennt, erschien der König: dornenbekränzt das blutig gezeichnete Haupt, angetan mit einem Purpurmantel, die adelige Gestalt von der Wucht eines riesigen Holzkreuzes niedergedrückt.

Mit Entsetzen erkannte Coredan seinen König wieder. Er hatte ihn nie gesehen, aber vom Aufgang des Sternes an war er ihm begegnet, diesem und keinem anderen: erst als Traumgesicht, dann, Tag für Tag, die endlosen Jahrzehnte seiner Wanderschaft hindurch, in den zahllosen Gesichtern der Hilfesuchenden, denen er beigestanden war. Er verstand nicht, warum selbst dieser Größte der Menschen gefangen, mißhandelt und einer fanatisierten Menge ausgeliefert war, aber er las in seinen Augen, daß er einen ähnlichen Weg gegangen sein mußte wie er selbst; und er begriff, daß nicht Gold noch Edelsteine, sondern einzig der brüderliche Opfergang für die Notleidenden die Huldigung sein konnte, die diesem König gebührte.
Jetzt hatte ihn der Zug erreicht. Wieder ergriff ihn die Menge, schob, drückte, quetschte ihn gegen eine Hauswand, riß ihn zu Boden. Unter Aufbietung aller Kräfte bahnte er sich einen Weg an die Seite des Gefangenen. Er wollte ihm zurufen, daß er nun hier sei, sein Knecht und Vasall, der alles, was in seiner Macht stünde, für ihn tun wolle, aber die Schreie der Menschen erstickten jedes Wort.
Da sah er, daß der König unter der Last des Kreuzes zusammenzubrechen drohte. Hilft ihm denn keiner, dachte er, und obwohl er sich nur mit äußerster Anstrengung auf den Beinen halten konnte, lief er auf ihn zu und zwängte die knöchernen Schultern unter die Balken des Kreuzes. Das Gewicht des Holzes nahm ihm den Atem, aber er achtete nicht darauf. Was wogen alle Mühen und Schmerzen neben der beseligenden Gewißheit, endlich am Ziel angelangt zu sein? Was machte es aus, daß er sich diese Begegnung einst ganz anders vorgestellt hatte: in höfischer Pracht, beim Schall der Trompeten, unter dem Jubel des Volkes, und daß stattdessen nun ein König im Bettlergewand den Sohn Gottes wie einen gemeinen Verbrecher auf seinem letzten Weg begleitete?
Er verspürte das erleichterte Aufatmen des Gefangenen an seiner Seite, aber er wagte nicht, zu ihm aufzusehen. Beglückt dankte er seinem Geschick dafür, neben ihm gehen, für die Ewigkeit eines Augenblicks Zugehöriger und Diener sein zu dürfen eines Werkes, dessen furchtbare Größe er erst jetzt zu ahnen begann.
Eine Schwäche überkam ihn, und er stürzte erneut. Kriegsknechte zogen ihn unter dem Kreuz hervor und stießen ihn in die Menge zurück, die sich unaufhaltsam durch die engen Gassen voranwälzte und erst am Richtplatz zum Stehen kam. Fassungslos wurde Coredan nun Zeuge der grausigen Vorbereitungen zur Tötung eines Menschen. Er sah, wie beflissene Soldaten seinen König ergriffen und auf das Holz streckten, er hörte die Hammerschläge, mit denen Nagel für Nagel in die Glieder des Hingebreiteten getrieben, und die Kommandorufe, unter denen der blutige Leib des Gekreuzigten über der Menge aufgerichtet wurde.

Aber inmitten dieses brodelnden Treibens entfesselter Rachsucht, während eine Menge Schaulustiger und aufgehetzter Parteigänger ihrer Erregung in höhnischen Zurufen und Verwünschungen Luft machte, während die Soldaten in aller Ordnung ihres Henkeramtes walteten, die Priester betroffen dem Sterben eines Gerechten zusahen, die Knechte um seine Kleider würfelten, war es ihm, als sei er allein mit dem Gemarterten, den der Dornenkranz sieghaft krönte, wie einst der Stern seine Geburt gekrönt hatte.
Wahrhaftig, kein Antlitz auf dieser Erde konnte königlicher genannt werden, keines widersprüchlicher, keines mit mehr

Grund Heimat aller Erniedrigten und aller wahren Herrscher, Stätte abgrundtiefen Leidens und friedvoller Überwindung, selbstloser Hingabe und Wegweisung in das Weglose.

Göttlicher König, rief es in ihm, schmerzlich erwarteter, ein Leben lang herbeigesehnter, hier bin ich, gabenlos, gebrochen, wie du, ein Bruder im Elend. Nimm das Wenige, das ich besitze: meinen geschundenen Leib, den gebeugten Rücken, meine Armut, meine Sehnsucht, meine Schwäche, die meine Größe, und meine Größe, die meine Schwäche war.

Eine wunderbare Ruhe breitete sich über seine Glieder, das Licht des Sterns überwältigte ihn und ließ alles um ihn herum versinken. Er spürte nicht mehr, wie ihn die Kräfte verließen und sein Körper auf dem steinigen Boden des Richtplatzes aufschlug. Welch ein Tag, dachte er sterbend, an dem sich der Himmel für immer dieser finsteren Welt vermählt hat!

Erst Stunden später wurde der Tote bemerkt. Kriegsknechte verhüllten den Leichnam und legten ihn auf eine Bahre. Eine Schar Neugieriger drängte sich heran.

»Wer ist das? Laßt sehen!« rief einer.

Sie schlugen die Decke zurück.

»Ein Fremder!« sagte ein anderer.

»Ein Fremder?«

Ein Fremder.